Clarence P. Jean

I0685421

Hermaphrodis

la cité de l'amour absolu

Éditions Dédicaces

HERMAPHRODIS, LA CITÉ DE L'AMOUR ABSOLU
par CLARENCE P. JEAN

Traduit de l'anglais américain par Claudius Lofel

Du même auteur :

Voyage en grande et petite tyrannie, L'Escampette, Bordeaux, 1997
Le Pentaméron, Le Manuscrit, Paris, 2001
La Septième colline, Le Manuscrit, Paris, 2003

EDITIONS DÉDICACES LLC

www.dedicaces.ca | www.dedicaces.info
Courriel : info@dedicaces.ca

2

Clarence P. Jean

Hermaphrodis

la cité de l'amour absolu

Avant-propos

Salut ! moi c'est Candy, Candy Williams. Quelques mots seulement pour me présenter à ma façon. Parce que j'ai beaucoup de choses à dire mais je ne sais pas comment m'y prendre. Alors je vais juste commencer. Après, c'est Clarence qui va continuer. C'est lui qui m'a proposé de faire comme ça. Il m'a dit que ça devrait marcher puisque les articles qu'il a écrits dans le *Mass Post* en ont fait tripler le tirage et ont été lus et cités partout et c'est comme ça que la télé est venue et que finalement j'ai du me cacher parce que ça ressemblait à du harcèlement. Mais Clarence a eu une excellente idée pour faire connaître mon histoire qui est vraiment extraordinaire. Il m'a dit on va écrire un livre à deux. Je vais t'aider à te souvenir, tu vas me raconter et moi je vais écrire. Au début j'avais pas envie de me souvenir, de me rappeler tous les détails de mon histoire. Et puis au bout d'un moment, ça m'a fait du bien d'en parler, de tirer comme sur un brin de laine et de voir où ça allait. C'était des bribes et le pauvre, il avait du mal à s'y retrouver. Pour moi c'était pas pareil, c'était comme quand on se réveille avec une image et qu'on y pense et qu'alors tout un rêve revient. Alors il m'a dit que ça irait, qu'il s'arrangerait pour que ce soit clair et qu'après j'aurai juste à lui dire si je suis d'accord, si ça ressemble vraiment au rêve qui revient. J'aurai juste à écrire moi-même les premières lignes pour me présenter. Pour dire quelques mots de moi jusqu'à ce jour d'octobre 2006 où j'ai eu envie de partir vers l'ouest, de traverser ces grandes étendues quasiment désertes qui séparent les deux côtes, de vivre une autre vie, quoi, un peu moins monotone, un peu moins réglée que celle que j'avais eue à Bushville, Massachusetts, entre un père pasteur, le révérend Brendice P. Williams, si respecté, si obligeant, si ennuyeux, et ma mère, au foyer, qui en dehors des offices n'avait que moi à s'occuper. Alors vous comprenez dans cette petite ville, c'était un peu lourd. A l'école puis au collège au début, ça allait, c'était plutôt chic d'être la fille du pasteur, j'avais de bonnes copines. Mais quand j'ai grandi, que mes seins ont poussé, que mes amies ont commencé à avoir des flirts, moi j'étais plutôt coincée. J'étais pourtant assez mignonne mais les garçons me tournaient autour de loin et moi je n'osais pas bouger. Pourtant j'aurais bien aimé qu'ils m'embrassent, comme me racontaient mes amies, qu'ils me caressent les seins, qu'ils essaient de glisser leurs mains entre mes cuisses serrées. J'en rêvais la nuit, j'en étais toute troublée. C'est peut-être pour ça que je suis partie, pour le sexe, enfin pour pouvoir vivre normalement. J'avais à peine vingt ans. Voilà.

1

Quand ils ont trouvé Di, elle était inerte au bord de la route. Elle était seule, elle avait des traces de coups et de meurtrissures. Ils auraient dû la laisser là, mais ils furent attirés par la blancheur de sa peau, sa blondeur extrême, la douceur de son visage, — et le désordre de ses vêtements, eux qui vivaient nus, les mit en émoi. Ils décidèrent donc de la transporter. La tâche ne fut pas aisée vu leur taille et leurs forces. Fa la prit sous les bras et Dou par les jambes. Plusieurs fois ils faillirent abandonner et s'arrêtèrent de longs moments au bord de la piste avant de reprendre leur chemin. A chaque reprise c'est Fa qui insistait pour qu'on poursuive le transport épuisant.

Il alléguait à cela de bonnes raisons que son compagnon s'appliquait à dénoncer car il était d'une faction opposée. Ceux qu'on envoyait en patrouille aux alentours de la cité et parfois même pour des reconnaissances très lointaines, étaient toujours mandatés par deux et de groupes différents afin que divergent les appréciations sur les situations qu'ils pouvaient rencontrer et qu'aucune décision ne fût préalablement discutée. Fa avait mis en avant l'intérêt scientifique qu'il y aurait à disposer d'un être humain que les savants de la cité pourraient observer à volonté. Dou avait objecté le danger que représentait l'introduction d'un étranger dans la ville. La conviction de Fa fut la plus forte car elle était mue par une volonté dont lui-même ignorait le sens et la nature. Dou ne vit rien et céda.

C'est au bout de longs moments de marche, quelques heures peut-être, qu'ils s'arrêtèrent à un point d'eau pour se désaltérer et se rafraîchir. L'eau qu'ils répandirent sur le visage de la jeune fille et sur les parties visibles de son corps lui fit reprendre conscience des choses. Faiblement d'abord elle aperçut dans une brume l'omniprésence du désert et discerna dans la lumière violente deux formes qui se penchaient sur elle. Elle sut qu'elle respirait, qu'elle n'était pas morte, son corps entier était douloureux. Elle voulut parler mais seul un gémissement sortit de ses lèvres. Alors les deux êtres se rapprochèrent et la première vision claire qu'elle en eut ne cessa de la surprendre. Plutôt petits, ils avaient des corps fluets d'adolescents, imberbes, ils semblaient avoir le crâne rasé, leur peau mate ne laissait apparaître aucune pilosité. Malgré leur nudité, il lui était impossible de déterminer de quel sexe ils étaient.

La voyant revenir à elle, ils se mirent à parler. Leur langage lui était complètement incompréhensible. Elle-même prononça quelques mots qu'ils ne parurent saisir. Ils eurent un long échange entre eux, apparemment fort animé. Puis l'un d'eux s'adressa à elle, fit des gestes qu'elle ne comprit pas davantage. Lui montra une direction et se mit à marcher. Peut-être l'invitait-il à se mettre en route ? Elle tenta en vain de se lever, les forces lui manquaient. L'un d'eux se remit à parler, s'adressant à elle. La langue qu'il parlait lui sembla monosyllabique. Elle se fit plus attentive et crut comprendre que tantôt il se désignait, tantôt il montrait son compagnon. Sans doute au milieu de tous les sons qu'elle entendait y avait-il leur nom à chacun. Alors elle se nomma en pointant l'indexe vers sa poitrine : Candy. Le plus agité répéta : Di et montra son camarade : Dou. Quant à lui c'était Fa. C'est ainsi qu'ils firent connaissance et qu'elle fut baptisée de son nouveau nom.

La route fut longue. Ils marchèrent pendant des heures encore. D'abord Fa et Dou se remirent à porter Di mais bientôt elle fut gênée de cette situation et les forces lui revenant elle voulut marcher. Elle progressait lentement et s'appuyait parfois sur ses deux compagnons. Elle n'eut pas l'idée de leur fausser compagnie et de partir seule, ne sachant pas où elle était, incapable de se souvenir de ce qu'il lui était arrivé, les ayant finalement adoptés comme guides et sauveurs. Après une pénible et longue marche, ils lui montrèrent l'horizon où l'on devinait dans la brume dorée du couchant, des murailles et la forme élevée d'une pyramide.

2

A son réveil Di contempla la pièce où elle se trouvait. De dimensions réduites, l'endroit était dépouillé de tout décor et de tout mobilier en dehors de la couche sur laquelle elle était étendue. A l'exception d'un passage légèrement plus mat, aucune ouverture, aucun éclairage ne venaient rompre l'uniformité des murs, du sol, du plafond, d'une couleur claire indéfinissable et qui semblait en elle-même délivrer la lumière qui nimbait l'étrange cellule.

Etendue sur une natte recouverte d'un linge, Di reprenait conscience de l'aventure qu'elle avait vécue et qui l'avait conduite sur cette couche peu habituelle. Elle chassait de son esprit les moments les plus cruels dont la moindre image, la bribe la plus infime, la plongeaient dans une souffrance acide. Aussi préférait-elle se concentrer sur les développements les plus récents jusqu'à son arrivée à la cité du désert. Du moins appelait-elle ainsi pour elle-même ce qui, en s'en rapprochant, évoquait moins une pyramide qu'un immense dôme, une grande colline au relief rainuré de courbes régulières qui s'élevaient vers le sommet, dont la matière et la couleur se fondaient dans le paysage désertique. L'entrée était formée d'une immense arche où l'on pénétrait comme dans un tunnel luminescent.

Di ne gardait pas d'image plus précise de son approche car le chemin qu'elle avait parcouru avec ses compagnons l'avait épuisée. Elle se souvenait cependant de les avoir observés pendant leur marche. Elle n'aurait su dire qui de Fa ou de Dou était le plus âgé, si peu les marques du temps étaient visibles sur leurs visages glabres et le teint bistré de leurs corps qui semblaient restés si juvéniles. Leur poitrine d'éphèbe, légèrement modelée, le bosselage discret de leur bas-ventre, au-dessus de l'ombre secrète de l'entrejambe ne laissaient de la surprendre . Seul l'arrondi des fesses, plus familier, la rassurait.

A une distance encore importante de la cité, les forces manquèrent à nouveau à Di qui dut s'asseoir puis s'allonger sur le bord de la piste. Elle fut prise en charge sur une sorte de brancard par ses compagnons de route et tout un groupe venu les rejoindre, intrigué par la curieuse créature qui arrivait à leurs portes. Di avait d'abord entendu leurs voix, il y eut à leur arrivée de longs conciliabules, des explications animées. Di n'en comprenait pas un mot, peu familière encore de leur langue inconnue qui lui paraissait saccadée, formée d'émissions brèves, chantantes.

Puis ce furent leurs visages d'enfants curieux penchés sur elle dans un silence prudent, bientôt rompu par le redémarrage progressif du babillage. Elle fut l'objet de la même curiosité et des mêmes commentaires lorsque le cortège dont les éléments les plus forts la portaient sur leurs épaules, tel un trophée de guerre ou de chasse, pénétra dans la cité et chemina au milieu d'une foule nombreuse et bavarde. De cette entrée singulière il ne lui restait cependant qu'un souvenir diffus car le malaise l'avait reprise et elle était au bord de l'évanouissement. Elle gardait de ce cheminement l'image qu'ont les patients conduits sur un lit roulant à travers le dédale des couloirs d'hôpitaux.

Maintenant qu'elle s'éveillait, que des bribes du parcours lui réapparaissaient, Di se souvint d'une première halte où elle fut mise à nu, délicatement, pièce à pièce, avant d'être plongée dans une grande baignoire où mille mains lui prodiguèrent soins et onguents dont tous ses membres béaient encore de frémissante lassitude. Ce retour à soi fut soudain traversé par le sentiment brutal d'une extrême nudité : c'est qu'en effet Di avait été rasée. Elle n'avait plus un cheveu sur la tête ni un poil sur le pubis. Elle se rappela que l'un des sujets d'étonnement de ses contemplateurs avait été sa chevelure que certains s'étaient aventurés à toucher, d'autres avaient même glissé comme une rapide caresse, un baiser d'aile d'hirondelle, sur son ventre en direction de la blondeur qui couronnait la naissance de son sexe. Cette insigne différence avait sans doute été jugée dangereuse, susceptible d'éveiller le trouble. Et tandis que la prisonnière s'assoupissait dans les langueurs du bain, on avait jugé prudent de la tondre.

3

Fa était assis en tailleur devant la natte où Di reposait et la regardait. Un plateau avait été déposé à son chevet et comportait les aliments simples dont les habitants de la cité devaient se nourrir quotidiennement, et qui lui faisaient penser à quelque bouillie de mil, de sarrasin ou de blé dur, de l'eau comme boisson. Di avait mangé et repris quelques forces. Revenue à plus de lucidité, elle s'interrogeait sur son statut parmi ce peuple si différent et avec lequel il lui était pour l'instant difficile de communiquer. Etait-elle libre ou prisonnière ? Allaient-ils la reconduire sur la grand-route après qu'elle se serait rétablie ? Où était-elle exactement ? dans quelle partie de la ville ? Pourrait-elle circuler librement ? aller et venir et se repérer ? un jour sortir et partir seule, s'enfuir ? mais dans quelle direction ? A mesure qu'elle s'interrogeait, l'angoisse lui serrait la gorge à tel point qu'elle en avait oublié la présence de Fa.

– Di, malula ! Di, malula ! Di, malulaké ! Fa s'était adressé à elle en prononçant le même mot à plusieurs reprises et en répétant le même geste, la main droite portée d'abord sur le front, puis sur le cœur, le bras gauche replié sur la poitrine et pour finir les yeux légèrement levés au ciel. Il devait s'agir d'une sorte de salut. Ainsi avait commencé la première leçon de langue que Fa était venu donner à Di. L'élève se prit complaisamment au jeu du maître. Avec bonne humeur et s'appliquant au mimétisme le plus exemplaire, Di s'essayait à répéter les mots de Fa, à en comprendre la signification dans des situations, des jeux de rôle simples – mais dont la complexité devait croître par la suite. Di riait souvent, Fa se montrait patient et souriait des succès comme des bévues de son élève.

A vrai dire, ce type d'apprentissage très pragmatique convenait parfaitement à Di dont les études au collège avaient été plutôt médiocres et ne la préparaient nullement à une approche linguistique raisonnée. Ses souvenirs de grammaire et de vocabulaire étaient pratiquement inexistants, les notions les plus simples et l'analyse la plus élémentaire étaient loin de son esprit. L'enseignement de langue étrangère qu'elle avait reçu était rudimentaire, elle en avait cependant retenu l'essentiel : l'anglais n'étant pas la seule langue parlée sur terre, il fallait bien que les autres l'apprennent et dans le pire des cas quelques spécialistes pouvaient s'intéresser aux idiomes étrangers. A titre de curiosité quelques mots de tel ou tel de ces parlers étaient enseignés en cours de langue. Di n'en avait aucun souvenir et les mots que prononçait Fa ne lui rappelaient strictement rien.

Elle ne pouvait pas supposer que le kalulak était l'une des plus vieilles langues du monde encore parlée aujourd'hui, dont l'origine remontait probablement à l'âge du fer, à une époque où les fondements de la civilisation kalulak s'étaient fixés. Kalulak dans ses différentes déclinaisons désignait à la fois le peuple, ékalulaké (les Kalulak – le u se prononçant ou), la cité, akalulaka (Kalulak) et la langue, ikalulaki (le kalulak). Di mit un certain temps à comprendre tout cela, en particulier que ékalulaké, le peuple kalulak, les Kalulak, était un collectif et ne s'employait jamais au singulier. La signification profonde de la traduction linguistique d'un état de société devait lui apparaître progressivement à mesure qu'elle prendrait connaissance des mœurs et des coutumes des Kalulak.

Les habitants de la cité eux-mêmes, dans leur plus large majorité, n'avaient sans doute plus conscience du sens premier du mot qui désignait à la fois leur peuple, leur cité et leur langue. Seuls certains d'entre eux plus spéculatifs s'y intéressaient-ils. C'était sans doute le cas de Fa qui appartenait à un groupe dirigeant de la nation mais dont les efforts de communication avec Di ne pouvaient s'embarrasser de considérations trop intellectuelles. Manifestement son but était d'amener le plus rapidement possible la jeune femme à un niveau de compréhension et d'expression qui lui permette de saisir pour l'essentiel où elle était, ce qui s'y passait, et de dire ce dont elle avait besoin. Le reste viendrait de surcroît.

Malgré son faible bagage scolaire, elle fut gênée cependant par le caractère purement oral de son apprentissage. Elle fit en effet plusieurs tentatives de prise de notes en transcrivant phonétiquement ce qu'elle entendait mais toutes échouèrent. Elle eut d'abord beaucoup de mal à obtenir de quoi écrire et lorsque de mauvaise grâce Fa finit par se rendre à ses instances et qu'il eut vu l'usage qu'elle faisait de ce matériel, il eut une réaction plutôt vive et s'opposa bientôt à ce type d'exercice. Afin de lui faire comprendre son opposition, Fa lui montra un texte en kalulak dont les signes lui étaient inconnus. Il se limita à lui indiquer qu'il serait trop long d'apprendre cette écriture et qu'une transcription en alphabet latin ne pouvait être qu'approximative. Il ne pouvait en effet à ce stade lui expliquer le caractère sacré de l'écriture kalulak qui n'était utilisée qu'à des fins religieuses ou politiques. Il souhaitait y parvenir un jour.

4

Bien que tondue et rasée, Di provoqua de véritables attroupements les premières fois qu'elle sortit dans la rue. Sa haute taille, sa peau claire et surtout les seins qu'elle avait bien ronds et haut plantés ne manquaient pas de surprendre les quidam qu'elle venait à croiser, eux qui étaient plus petits, de peau grise, et la poitrine totalement plate. Frêles, ils avaient un air d'adolescents pour les plus âgés, d'enfant malingre pour les plus maigres, certains, sans doute les plus entraînés à l'exercice, avaient des corps d'éphèbe. La différence manifeste de Di frappait leur curiosité et les poussait à la suivre ou à se rassembler autour d'elle en échangeant de nombreux commentaires que sa connaissance encore rudimentaire de la langue ne lui permettait pas de comprendre.

Ces premières expériences furent déconcertantes pour elle. Revenue à la santé et remise, au moins physiquement, des mauvais traitements qu'elle avait subis avant d'être abandonnée au bord de la grand-route, elle avait pu surmonter l'angoisse de se trouver au milieu d'êtres qui lui semblaient débarqués d'ailleurs ou surgis de la nuit des temps, elle avait envie de voir, comprendre, échapper à l'atmosphère aseptisante de la chambre où Fa et quelques autres lui avaient prodigué leurs soins, sortir enfin.

Il fut rapidement clair que les promenades de Di troublaient l'ordre public. Les autorités devaient réagir. Fa et Dou furent chargés de régler la question. On leur reprocha non seulement d'avoir introduit un élément d'agitation dans la cité mais aussi d'avoir été incapables d'en prévoir les conséquences afin de les contenir. La rumeur entretenue par les politiques courut que le Président Chi lui-même s'était montré très mécontent de l'affaire et demandait des mesures d'urgence. L'opinion se fit qu'une fois encore le Conseil d'en haut était dépassé et n'avait pas su gérer. On attendait à nouveau la démission de Ra. Le Premier conseiller fut durement interpellé à l'Assemblée du peuple sur le thème de la sécurité et du salut public. Les membres du groupe dont il était le chef ne furent pas les moins incisifs. Le turbulent Sa, conseiller aux affaires de la cité, ne manqua pas l'occasion de montrer fermeté, détermination, prévoyance. Son discours confirma le bon peuple dans l'opinion qu'il serait un jour premier conseiller, peut-être même président.

Fa et Dou se devaient d'agir rapidement. Avant d'occuper l'avant-scène de la chose publique, Dou avait pratiqué les sciences médicales. Aussi eut-il l'idée d'appliquer des bandages serrés, imbibés d'onguents, autour de la poitrine de Di afin d'en réduire la proéminence. Les effets escomptés ne se produisirent pas : Di eut à souffrir non seulement de la compression excessive de ses seins, mais aussi des brûlures de la crème miracle du docteur Dou. L'effet public fut également désastreux : le peuple qui vivait nu trouva ridicule le harnachement dont on avait affublé Di. Une fois encore tout le monde s'en mêla, les commentaires allaient bon train. Vi, le grand chancelier du Conseil d'en haut, prononça un discours enflammé où il faisait l'éloge de la nudité originelle et de la vertu citoyenne. Exceptionnellement Sa se tut. L'opinion se répandit immédiatement que ce silence était tactique. Comme toujours dans les cas de turbulences, Ra dut monter à la tribune et s'appuya lourdement sur le pupitre comme un marin sur la barre pour parler du peuple dont il entendait les inquiétudes. Jusqu'au Palais qui s'émut à nouveau et d'où un communiqué rappela que le droit d'asile était inscrit dans la constitution.

Devant ce tapage et cette agitation, Fa proposa, pour reprendre la situation en main, qu'une vaste campagne d'information fût lancée. Sans doute aurait-il été sage de commencer par là mais les politiques excellent à donner à croire qu'ils maîtrisent ce par quoi ils sont dépassés, c'est même sans doute là, la base de l'art de gouverner. La dialectique subtile du secret et de la transparence est un passage obligé de l'exercice du pouvoir que bien peu parviennent à dominer. Il fallait maintenant donner une explication plausible au rapt de Di. Rationaliser le caractère fortuit de l'événement, le situer dans une perspective méditée dont les objectifs devaient être explicités, la tâche n'était pas aisée, le discours fut d'autant plus long, alambiqué, répétitif.

En bref, il fut indiqué que depuis longtemps les autorités politiques, morales et scientifiques, s'interrogeaient sur la possibilité d'entreprendre une étude comportementale de la sociabilité de l'être en milieu hétérogène. La découverte de Di au bord d'une route par une patrouille avancée avait permis de concrétiser une décision mûrie de longue date et sa présence dans la cité permettait d'espérer de nouvelles avancées dans la connaissance et le développement du modèle social. Il était recommandé aux citoyens d'accueillir cette expérience avec bienveillance et compréhension et d'entourer de la discrétion qu'il convenait les étapes de son évolution. C'est ainsi que Di put circuler plus librement dans la cité, sans être désormais importunée par la curiosité excessive des habitants, d'autant que par commodité il avait été décidé qu'elle bénéficierait de l'assistance régulière d'un accompagnateur.

5

Fa rivalisa d'assiduité avec Dou pour remplir auprès de Di la belle mission de guide. D'autres encore se présentèrent pour assumer une tâche considérée dès lors d'utilité publique et qui ne manquait ni de piquant ni d'originalité. Elle sortait en effet totalement de l'ordinaire, comparable à cet égard à la situation où se trouverait l'édile ou le volontaire de Bushville, Massachusetts, chargé d'acclimater un extraterrestre en le promenant dans les rues. Mais elle revêtait cependant un attrait majeur en ceci que la différence, la singularité et – il faut bien le dire, – la beauté de Di troublaient les habitants de la cité, les guides n'étant pas les derniers à subir le charme qui les poussait irrésistiblement à prendre leur tour avec un zèle et une disponibilité exceptionnels.

Di avait fait suffisamment de progrès dans la connaissance de la langue pour appréhender un éventail plus large de sujets et de situations. La diversité croissante de ses interlocuteurs lui permit d'étendre et de confirmer sa compréhension et de s'aventurer progressivement dans une complexité dont l'apparente simplicité monosyllabique du kalulak ne donnait pas de prime abord l'idée. Elle découvrit ainsi que tel mot selon le ton sur lequel il était énoncé pouvait avoir une signification différente. Ce n'est que bien plus tard qu'un distingué professeur de linguistique du MIT lui expliqua que le kalulak était probablement une langue tonale dont la musicalité charmante avait rapidement frappé Di. Les discussions qu'elle eut avec ce spécialiste lui permirent de comprendre ultérieurement que le kalulak possédait un système de conjugaisons fort différent de celui des langues occidentales les plus évoluées mais lui permettant néanmoins d'exprimer des nuances aussi fines que celles que les Français, par exemple, accordent à l'imparfait du subjonctif. Aussi est-ce instinctivement et, en quelque sorte, par mimétisme que Di s'engagea, sans trop y penser, dans une maîtrise de la langue qui indéniablement la rapprocha des habitants de la cité et lui fit gagner de nombreux suffrages dans leurs cœurs.

Ses sorties fréquentes, les courses qu'elle faisait à travers la ville, les entretiens qu'elle avait avec ses divers accompagnateurs, les scènes de la rue dont il lui arrivait d'être témoin, bientôt les évènements de la vie de la cité auxquelles il lui fut donné de participer, lui permirent progressivement de comprendre et de se figurer l'organisation singulière de la ville qu'elle imagina bientôt comme une vaste spirale se terminant par un promontoire légèrement convexe, comme une colline doucement aplatie, qui constituait le cœur de la ville. C'est autour de cette place à la configuration emblématique que se déroulaient en effet les manifestations et les évènements les plus importants de la cité.

Ce lieu central et unique s'appelait Lak, ce qui veut dire cercle ou rond. Le caractère exceptionnel de l'endroit était indiqué par son nom archaïque terminé par une consonne alors qu'en kalulak contemporain les consonnes finales, si elles avaient jamais existé, avaient disparu et que les mots se terminaient ainsi par une voyelle, ce qui ajouté au monosyllabisme de la langue la rendait fortement homonymique et n'en facilitait pas la compréhension. Ces subtilités n'embarrassaient pas pour autant Di qui les prenant sur un mode ludique en trouvait les manifestations amusantes. Elle en riait même comme une grande enfant, ce qui ne manquait pas de déconcerter ses interlocuteurs.

La colline du Lak recouvrait le centre politique de la cité. Celui-ci était constitué de salles circulaires consacrées chacune à une entité et à une fonction. Au sommet se trouvait le Conseil d'en haut, de dimensions restreintes et pouvant accueillir les quarante membres de son assemblée. Juste au-dessous il y avait l'Assemblée du peuple, vaste amphithéâtre servant d'agora où se tenaient les principaux débats politiques, les grandes manifestations publiques ainsi que les cérémonies religieuses. Ces dernières se répartissaient entre l'Assemblée du peuple et le Lak selon une règle qui n'était pas immédiatement perceptible et qui semblait davantage relever de l'usage et de la tradition.

Les quartiers qui entouraient l'agora abritaient les principaux services de la cité ainsi que les résidences des plus hautes autorités, les deux, résidences et services, étant généralement mêlés. On trouvait ainsi au sud la Présidence entourée à l'ouest du Conseil d'en haut et à l'est de l'office du Sage, au nord la résidence et les services du Premier conseiller entouré à l'ouest du grand chancelier du Conseil d'en haut et des différents conseillers et à l'est du Premier représentant de l'Assemblée du peuple. Cette disposition était destinée à permettre une circulation et une communication aisées entre les différentes entités constituant le sommet de l'Etat de même qu'une convergence spontanée, selon les cas, vers le Conseil d'en haut ou l'Assemblée du peuple qu'elles entouraient.

Di fut très vite conduite sur la place centrale autour du promontoire constitué par le Lak. Dès sa première visite elle fut frappée par l'harmonie du lieu qui émanait à la fois de la terre, puisque sur la platitude désertique dans laquelle il se situait, il en constituait le sommet, et du ciel, puisque sa courbe se détachait sur le firmament avec lequel il correspondait pleinement. Et puis le dôme, en son centre exact, supportait une sculpture de grande taille, parfaitement proportionnée à l'ensemble qu'elle couronnait, et qui, à première vue, représentait un cœur, appuyé sur une longue pointe et prolongé en son sommet par un pédicule arrondi. C'est du moins ainsi que Di le perçut au début ; la figure très stylisée lui faisait aussi penser à un pique reposant sur sa pointe, comme légèrement planté dans son socle, – une figure très pure au métal gris bleu évoquant le tungstène dont elle comprit plus tard qu'elle représentait deux escargots accolés ventre à ventre, symbole de la cité, de ses habitants, de leurs mœurs, de leurs croyances et de leur société. Cette figure singulière s'appelait Lu (prononcer Lou), ce qui veut dire aimer. Ainsi l'emblème de la cité symbolisait-il l'image que ses habitants se donnaient de l'amour. Et pour les érudits ce symbole, cette signification se retrouvaient dans les mots originels qui formaient le nom de la cité et de son peuple : ka lu lak ou faire l'amour en rond. De cette étymologie lointaine et dont le sens premier n'était plus perçu par le plus grand nombre, de proche en proche, au fil du temps, de l'évolution des institutions, religieuses ou politiques, de la société, pour primitive qu'elle fût, Kalulak était devenue la cité de l'amour absolu.

6

On entrait dans Hermaphrodis, – nom plus transparent qui fut donné ultérieurement à Kalulak, lorsque l'histoire de Di fut publiée en feuilleton dans la gazette de Bushville et que les médias du monde entier s'emparèrent de l'affaire, – sous une immense arche semi-circulaire, par un plan légèrement incliné qui s'incurvait progressivement dans une perspective très profonde et étrangement lumineuse. Di habitait dans les parties basses de la ville, non loin du porche monumental. Ce premier quartier de la cité, le plus périphérique, était essentiellement résidentiel. Les logements abritaient généralement des petits groupes d'habitants qui disposaient de chambres individuelles et de pièces communes : salles d'agrément et de travaux, sanitaires et salles de bain. Bien que les repas fussent communément pris dans des restaurants de quartier ou les cantines liées à l'activité de chacun, il était possible de préparer des repas simples sur place.

Depuis qu'elle avait découvert le Lak au plus haut de la ville et qu'elle avait vu en son plein centre planté son beau symbole, Di avait remarqué que le signe rémanent et mystérieux dont elle avait d'abord ignoré le sens, l'emblème de la cité sous forme très stylisée, se trouvait gravé sur tous les lieux qui relevaient de son autorité. C'était le cas de l'entrée monumentale parcourue d'une frise d'escargots accolés et, plus modestement, du fronton de chaque demeure où le symbole figurait.

Ce type de quartier n'était pas uniquement résidentiel. On y trouvait tous les services nécessaires à la vie quotidienne de même que les institutions éducatives et culturelles : ainsi les écoles, les centres de loisir, les bibliothèques, les économats, maillaient-ils ces territoires, mais il s'agissait le plus souvent de centres polyvalents, multiservices, dont la fréquentation assidue et variée donnait à Di la sensation d'un bourdonnement de ruche. Elle voyait aussi à heures régulières des groupes d'enfants s'éparpiller dans les rues toujours accompagnés d'adultes qui pour autant ne paraissaient pas être leurs parents car chaque quartier disposait de crèches, de jardins d'enfants, d'aires de jeux, de réfectoires et de dortoirs où les plus jeunes semblaient vivre en permanence, groupés par petites colonies.

En s'enfonçant dans la spirale et en s'élevant donc dans la ville, la densité des services à vocation plus générale croissait. Mais le tissu urbain demeurait d'une grande mixité, ainsi l'habitat continuait de jouxter établissements de production et institutions diverses. Aussi la population demeurait-elle très mêlée et quelles que soient leurs fonctions les habitants de la cité entretenaient entre eux des relations ouvertes, sans barrières ni rangs. C'est pourquoi Di avait l'impression, au cours de ses promenades quotidiennes, que tout le monde se connaissait et qu'une fraternité bon enfant régnait dans la ville. Cela n'empêchait pas qu'il y eût parfois des discussions fort animées et que le ton des conversations, vif alors, pût monter. Dans ces circonstances, Di était incapable de comprendre quoi que ce soit et les explications du guide du moment demeuraient sommaires et superficielles.

A mesure que l'on s'élevait dans la spirale et que l'on se rapprochait de la partie centrale qui en était aussi le sommet, la densité des bâtiments officiels croissait sans que pour autant disparaissent les logements ni les édifices à usage social ou économique. Ce mélange plaisait beaucoup à Di et contribuait à donner à la ville tout entière son aspect de ruche ou de fourmilière active où chacun vaquait à des occupations dont la jeune femme ne percevait pas toujours la nature mais qu'elle voyait se dérouler dans une bonne humeur générale, fort différente de l'accablement dont semblait habituellement frappée la foule besogneuse et pressée des grandes villes qu'elle avait pu connaître. La même animation sympathique et ouverte régnait dans le quartier officiel au cœur de la cité. Le peuple, en effet, le fréquentait assidûment. Lieu de promenade, de rencontre, d'échange, de débat, agora plus que sanctuaire, le Lak vibrait d'une animation qui séduisait Di à chacune des visites qui la conduisaient jusque-là.

Ainsi s'écoulaient les jours de la captivité de Di. Prisonnière sans liens, sans geôle, sans gardien, elle était plutôt comme une immigrée involontaire sur une île inconnue où son radeau de fortune eût accosté par hasard. Elle ne savait pas où elle était, qui était le peuple qui l'avait recueillie, ni comment retrouver un chemin qui la conduise d'où elle venait. La pensée de sa vie antérieure, de sa famille, de ses amis, qu'elle avait volontairement quittés, ne la tourmentait pas trop. Elle lui revenait par éclairs momentanés, dans des rêves aussi dont elle s'éveillait étonnée, vaguement inquiète. Le souvenir de la route lui était plus pénible. Elle évitait de penser à la dernière étape dont le déroulement plus net lui était progressivement revenu, jusqu'au choc qui l'avait jetée inconsciente dans un fossé pierreux, non loin d'une cité inconnue et mystérieuse dont les habitants l'avaient recueillie.

7

Le plus assidu des visiteurs de Di, le plus régulier, celui qui jouait près d'elle un rôle de tuteur, était Fa. Il venait la voir tous les jours ou, s'il s'absentait, il se justifiait longuement, comme si près d'elle il avait obligation de présence, ce qui amusait beaucoup la jeune femme. C'est lui qui lui avait appris les premiers rudiments de langage et qui maintenant surveillait avec bienveillance les progrès de sa pupille. Il l'accompagnait souvent à travers la ville. C'est grâce à lui principalement que Di en percevait progressivement l'organisation et le fonctionnement. Très populaire, dans les rues il était souvent abordé et ne manquait pas alors de présenter Di et de la faire participer le plus possible aux échanges qui se déroulaient. Du moins essayait-il de lui en donner le sens principal.

Des rapports privilégiés s'installèrent entre eux. Fa prenait plaisir à venir voir Di, à la conduire dans la ville. Di se plaisait en sa compagnie. Ils passaient de longs moments en tête à tête dans la chambre de Di. Ils les consacraient à l'étude de la langue, à la connaissance de la cité, souvent ils restaient de longs moments en silence. Ils échangèrent des regards, de plus en plus intenses, à devenir ardents. Leurs doigts se frôlèrent, se mêlèrent, parcoururent délicieusement leurs corps d'interminables caresses qui les emplissaient d'aise et de frissons parfois. Leurs lèvres se joignirent et leurs langues ne surent plus calmer l'ardeur pénétrante du désir. Dans cette intimité, Di avait mieux perçu la nature du sexe de Fa. Depuis son arrivée, elle avait bien compris que les habitants de la cité étaient des êtres singuliers, ni homme, ni femme. Mais bien qu'ils vivaient nus, sa pudeur toute presbytérienne de fille de pasteur l'avait empêchée d'examiner ce qui pouvait réellement se cacher entre leurs jambes.

Elle crut d'abord que Fa avait un sexe comparable au sien, peut-être plus étroit, peut-être plus serré et qui donnait cette allure d'anges aux plus beaux des habitants de la cité. Fa, pour sa part, avait entrepris la même exploration. Malgré tout ce qu'il avait appris du commun de l'humanité, il fut surpris de l'infinie douceur et de la suave moiteur que rencontraient ses doigts dans leur précautionneuse approche de ce qui demeurait encore pour lui un mystère. Il ne tarda pas à découvrir que le délicieux bouton rose qui s'épanouissait en haut des lèvres et dont la titillation provoquait chez Di un émoi brûlant, demeurait minuscule au prix du surgissement pénien familier des Kalulak. En revanche la poitrine de Di, qu'elle avait généreuse et fière, ne cessait de l'émerveiller et il ne se lassait pas de la pétrir, la caresser, y reposer sa tête, la couvrir de baisers et surtout de sentir se dresser entre ses lèvres, à la pointe de sa langue, leur bout merveilleusement érectile. Ce plaisir était totalement inconnu des Kalulak dont la poitrine était plate et peu sensible.

Di ne savait pas encore qu'ils n'allaitaient pas leurs enfants et elle ignorait tout du mode de procréation de ce peuple. C'est fort innocente qu'elle s'était engagée sur la voie amoureuse en compagnie de Fa. Elle en fut troublée, inquiète, remplie d'une espérance, d'une attente, qu'elle n'avait jamais connues. Lorsque, guidée par Fa, elle osa promener sa main sur son ventre, entre ses cuisses, elle retrouva la sensation et l'émoi qu'elle avait eus, adolescente, en dormant avec sa meilleure amie qui l'avait incitée, dans la secrète et chaude pénombre du lit, à découvrir, à travers caresses et baisers, les charmes et les sortilèges de leurs corps. Leur complicité dut être évidente, sans doute suffisamment inquiétante pour que les familles les séparent. Le pasteur, son père, lui recommanda des lectures édifiantes, sa mère porta longtemps sur elle un regard interrogateur et malheureux. Seul le souvenir resta, magnifié par des caresses solitaires, nostalgiques et impatientes.

Sa main, découvrant l'intimité de Fa, avait fait ressurgir d'un passé enfoui l'image pure et fiévreuse de l'éveil de son corps, dans le miroir merveilleux de l'autre et du même. Là devait s'arrêter le souvenir car si la délicieuse moiteur retrouvée entre les lèvres étroites l'avait irrésistiblement renvoyée à la pensée de son ancienne amie, un surgissement impétueux la confronta une première fois à la singularité définitive de Fa et de l'ensemble de ses congénères. Bien que timides et discrètes, les caresses de Di avaient finalement provoqué une forte érection chez Fa dont le pénis, discrètement enfoui dans la partie supérieure des lèvres, était sorti dans toute sa nudité de dard aveugle et exigeant.

Surprise et troublée, Di n'en fut pas moins émerveillée et prise d'un émoi brûlant qu'elle n'avait jamais connu. Elle ne se rassasiait pas de tenir dans ses mains l'objet du désir, de le cajoler, de l'entourer de mille soins dont l'invention semblait ravir Fa. Elle le couvrait de baisers, le prenait dans sa bouche, le suçait avidement comme un bébé gourmand le sein de sa mère. Vaguement inquiet, Fa la laissait se livrer à ces débordements dont il n'était pas coutumier, l'amour chez les Kalulak revêtant une tout autre forme.

8

Les rapports que Di entretenait avec la cité ne manquaient pas de diversité. Elle en était, elle-même, devenue un personnage connu de tous. La plupart l'avaient vue ou rencontrée, beaucoup l'avaient côtoyée lors de ses sorties quotidiennes et de ses promenades, certains avaient échangé quelques mots avec elle, étonnés et ravis de sa drôle de façon de parler et de son étrange accent. L'assiduité de Fa près d'elle, justifiée par son rôle de tuteur, n'était un secret pour personne. Elle avait éveillé la jalousie de Dou qui, découvreur de Di au même titre que Fa, considérait qu'il devait avoir les mêmes responsabilités à son égard, détenir les mêmes droits – d'autant qu'il était membre du Conseil d'en haut – ce qui n'était pas le cas de Fa qui, appartenant à un groupe critique, jouait en revanche un rôle important à l'Assemblée du peuple où il était très écouté. Dou surveillait de près les déplacements de Fa sans soupçonner encore le degré d'intimité que son rival entretenait avec leur pupille.

Di écoutait sagement les avis de Dou dont l'empressement l'amusait lorsque ses responsabilités lui laissaient le loisir de l'accompagner dans la cité. Fa comme lui entretenaient de nombreuses relations avec le peuple et Di avait souvent l'impression, à juste titre, qu'à la faveur de ces sorties, ils traitaient autant leurs affaires que sa propre éducation. Cela l'agaçait parfois mais lui donnait l'occasion de nombreux contacts dont certains devinrent de véritables amitiés, – ce qui lui permit de résister aux aléas du commerce des édiles.

Au début il avait semblé à Di que tous les Kalulak se ressemblaient et en dehors du petit nombre qu'elle rencontrait régulièrement, elle était incapable de les distinguer les uns des autres. Mis à part les enfants et les adolescents, elle avait l'impression qu'ils étaient tous de même taille, de même teint, de même allure. Leur nudité n'arrangeait rien à l'affaire puisqu'aucun vêtement ne permettait de les reconnaître. Progressivement elle apprit à les distinguer. S'ils étaient tous de taille moyenne, plutôt petits selon ses propres normes de haute plante nord-américaine, certains étaient plus grands, certains plus petits, à quelques centimètres près. Certains étaient minces, d'autres marquaient une tendance à l'embonpoint. Et surtout l'expression des visages était différente et révélait l'originalité des personnalités. Les voix se distinguaient aussi, certaines graves et posées, d'autres fluettes et saccadées. Les marques du temps se donnaient peu à lire sur les visages et les corps, sans doute effet de l'hygiène de vie des Kalulak. A une certaine retenue dans les gestes, plus de lenteur dans les mouvements, un ton plus posé, la douceur de sourires apaisés, Di apprit à reconnaître les plus âgés. Sans oublier que la ville comptait son lot de personnages hors normes, infirmes, excentriques, lunaires ou acariâtres, mais aucunement marginaux, tout juste originaux, que la société kalulak s'efforçait de mêler en son sein. Ils intriguaient Di, l'amusaient parfois et lorsqu'elle fut en mesure de les saisir, elle apprécia le sel de leurs propos.

Parmi ceux qui s'étaient portés volontaires pour accompagner Di, il y avait Do, le jardinier. Plutôt rond, affable et loquace, Do boitait légèrement. Son infirmité n'influait nullement sur son humeur et ne semblait pas gêner ses déplacements. Il était pour Di de la plus charmante compagnie. Elle croyait au début que sa fonction était purement honorifique, une sorte de prébende ou de sinécure, qu'elle s'expliquait mal, car elle ne pouvait imaginer le rôle d'un jardinier au milieu du désert. Leurs promenades étaient agrémentées de nombreuses conversations à la faveur desquelles Di prit connaissance de réalités qu'elle ne soupçonnait pas et apprit à apprécier à sa juste mesure la fonction qu'il partageait en réalité avec de nombreux autres.

Coupés du monde, au milieu du désert, ignorés des humains, les Kalulak vivaient en autarcie. Pour construire la cité, ils avaient creusé de longues galeries dans une roche translucide qui donnait à l'architecture son caractère si particulier, sable et rosé, fondu dans le paysage du désert et qui dispensait les habitants de tout éclairage artificiel à condition de vivre, comme ils le faisaient, au gré du soleil et de la lune. Ces galeries s'étendaient sous la ville et un peu alentour. Elles recelaient une richesse merveilleuse. Dans la fraîcheur humide de la roche croissait une plante providentielle, source de vie pour les Kalulak, qu'ils appelaient ja. Elle repoussait à mesure qu'ils la cueillaient et suffisait à leur alimentation. Ils la mangeaient crue, ses fins pédoncules blanchâtres croquaient sous la dent en dégageant une saveur à la fois fraîche et épicée. Ils la consommaient également cuite à l'eau et aromatisée de quelques épices provenant de la culture de rares plantes du désert. Ils la préparaient aussi hachée en une sorte de purée légèrement verte. Ils la faisaient, par ailleurs, sécher et le ja ressemblait alors, selon la préparation, à un genre de vermicelle ou de blé germé.

Le rôle du jardinier était ainsi essentiel et Do apprit à sa jeune amie à le comprendre. Il obtint même l'autorisation d'emmener Di dans les galeries où elle fut frappée du spectacle de ces cultures dans la pénombre fraîche de la roche. Ainsi la cité si peu visible dans le paysage désertique dont elle épousait la couleur et les formes, tirait-elle d'un sous-sol exceptionnel la matière de ses murs et de sa subsistance. Ces conditions extraordinaires avaient sans doute décidé les premiers Kalulak à sa fondation, de même qu'elles avaient sûrement présidé par la suite au développement de leur société si particulière. Sous la sage conduite de Do, c'est avec un émerveillement presqu'enfantin que Di découvrait peu à peu cette singulière vérité.

9

Ce que Di préférait par-dessus tout, lors de ses promenades quasi quotidiennes à travers la cité, c'étaient les spectacles de rue qui semblaient très populaires et autour desquels les habitants s'attroupaient volontiers. Il y avait, répartis dans les différents quartiers de la ville, un certain nombre de théâtres et de salles de spectacle où des représentations, des concerts étaient organisés quotidiennement et que les Kalulak fréquentaient assidûment. Néanmoins ils prisaient énormément les prestations des artistes qui se produisaient au coin des rues, sur les placettes ou l'agora de la cité. La variété de ces spectacles, leur invention, leur sympathique proximité les enchantaient visiblement et Di partageait leur joie.

Il y avait des jongleurs et des acrobates dont les performances déclenchaient des cris de surprise et d'admiration chez les spectateurs. Il y avait des musiciens qui en solo ou en petits groupes jouaient de la flûte et du tambourin et parfois d'instruments à cordes au son métallique et guttural que Di ne connaissait pas. La jeune femme, pour qui cette image de la rue était si nouvelle, habituée qu'elle était à n'y passer que rapidement et la plupart du temps en automobile, était particulièrement sensible au son mélancolique de la flûte dont les mélodies l'emplissaient souvent d'une étrange nostalgie.

Il y avait aussi des clowns dont les gags et les farces qu'ils faisaient au public déclenchaient fous rires et vives acclamations. Il y avait des comédiens qui sur des tréteaux improvisés interprétaient des saynètes aux personnages convenus qui auraient pu rappeler la commedia dell'arte. Il y avait des conteurs que les passants écoutaient avec grand intérêt car ils évoquaient des personnages légendaires, des histoires fabuleuses relatives aux temps très anciens de leurs origines – c'est pourquoi Di, pourtant très sensible à l'atmosphère qui entourait ces récits, n'en saisissait que très peu le sens. Il y avait des magiciens dont les tours arrachaient au bon peuple des exclamations de surprise. Di se laissait émerveiller par l'apparition d'objets, de fleurs, d'oiseaux dans leurs mains prestes et gracieuses.

Tous ces spectacles donnaient aux rues de la cité un air de fête permanente qui faisait presque oublier à Di la condition qui était la sienne, celle d'une captive. Parmi les nombreux artistes que l'on croisait ainsi quotidiennement, l'un d'eux, jongleur, avait remarqué la présence assidue de Di à ses numéros. Il s'appelait Zé. Un jour, après avoir salué ses admirateurs, il s'approcha d'elle et lui dit :

– Veux-tu, Di, que je t'apprenne mon art ?

– Oh oui ! répondit-elle, fort surprise. Mais je suis très maladroite.

– Ce n'est pas grave, dit-il. Ce qui compte, c'est ton désir et ta conviction.

Di accepta et la première pensée qu'elle eut fut la surprise qu'auraient ses parents et ses amis à Bushville lorsqu'au milieu d'une réunion elle donnerait un aperçu de ce talent insoupçonné. C'est ainsi qu'aux côtés de Zé, elle entra dans une école où tous les arts étaient pratiqués dans une atmosphère bourdonnante de grande ruche industrieuse et pleine de gaîté. S'il y avait de nombreux artistes accomplis qui répétaient pour améliorer leur art, il y avait aussi des élèves qui les observaient et auxquels ils enseignaient les rudiments puis des techniques plus savantes à mesure que leur dextérité se développait. L'exigence des maîtres était grande mais tout se déroulait dans une atmosphère bon enfant et fraternelle à laquelle Di fut très sensible. Ses progrès furent manifestes et bientôt Zé eut tout lieu d'être satisfait de son élève. Un jour, pour la récompenser, il lui fit cadeau d'une boule. Ce geste était exceptionnel car les

Kalulak ne possédaient rien en propre. Vivant nus, ils n'avaient pas de vêtements personnels et les objets nécessaires à la vie quotidienne ou professionnelle étaient mis en commun, à la disposition de tous et de chacun.

Ainsi s'élargissait le cercle des relations de Di avec les habitants de la cité, au gré de ses promenades, de ses rencontres et de l'intérêt qu'elle pouvait susciter. Son intimité avec Fa n'en avait point souffert. Elle continuait de le voir régulièrement. Leurs conversations portaient sur des sujets de plus en plus variés et Fa se lançait parfois dans des développements savants et circonstanciés sur l'histoire des Kalulak, leurs institutions, leur vie. A la faveur de ces rencontres, leur complicité amoureuse croissait, leur tendresse s'exprimait par des caresses et des baisers dont ils entretenaient le secret. Une chose cependant avait longtemps chagriné Di. Lorsqu'au comble des émois amoureux, Fa la pénétrait et la rendait si heureuse et qu'ils reposaient ensuite dans la plénitude du plaisir, elle surprenait parfois l'ombre d'une tristesse sur le visage de son amant. Telle se manifestait la marque cruelle de l'inassouvissement. Puis vint un jour où, pendant leurs rapports amoureux, Fa guida les doigts de sa compagne vers la partie féminine de son sexe que Di apprit à caresser jusque dans sa secrète profondeur. Alors seulement l'extase fut complète. Mais ce n'est que plus tard, lorsqu'elle assista aux rites amoureux des Kalulak que Di put comprendre la beauté singulière de ce qui venait de s'accomplir.

10

Longtemps les amours de Di et de Fa furent secrètes. Compte tenu de la différence de la jeune femme, les habitants de la cité ne pouvaient guère imaginer la possibilité de rapports sexuels avec elle. Aussi, dans les premiers temps de son séjour parmi eux, l'assiduité de Fa, loin de jeter le trouble dans les esprits, lui fit-elle bénéficier d'une plus grande faveur dans la cité car l'autorité de son protecteur y était grande. Le cercle des amis de Di ne cessait de s'élargir et grâce à chacun d'entre eux, sa connaissance de la vie des Kalulak, de leur société, de leurs coutumes, ne cessait de croître. Di était de plus en plus intégrée à la vie quotidienne, ordinaire, de la cité, elle put bientôt, sinon participer, du moins assister aux échanges traditionnels qui fondaient la démocratie des Kalulak.

La jeune femme dut son initiation à quelques citoyens d'exception qui chacun dans son domaine jouissait d'un grand prestige. Trois d'entre eux notamment, Ti, No et Yi, guidèrent ses pas sur la route de la connaissance de leurs domaines de compétence mais aussi des usages et des traditions des Kalulak. Ti était juge, No médecin et Yi prêtre – mais dans la cité il portait l'appellation de Sage. Ces trois personnalités exerçaient manifestement une autorité morale hors du commun. Connues qu'elles étaient pour leur impartialité et leur hauteur de vue, elles étaient particulièrement bien placées pour parfaire l'éducation de Di et son introduction dans les arcanes de la cité. Plus que Fa n'aurait pu le faire, engagé dans ce qu'il est convenu d'appeler l'opposition politique, dont le chef, Ho, supportait mal l'importance croissante de son rival.

Di avait rencontré No dès son arrivée à Kalulak car c'est lui qui était venu au chevet de la jeune femme dont l'état de santé était alors particulièrement précaire. Il n'était point dans la culture des Kalulak de s'alarmer quelle que soit la gravité apparente de la maladie de l'un des leurs. Ils restaient toujours calmes, empreints d'une sérénité qui avait beaucoup impressionné Di au début de son séjour et qui finit par la gagner elle-même pour son plus grand bénéfice. L'approche de la maladie, ou des troubles quels qu'ils soient, qui ne manquent de traverser la vie d'un individu, était avant tout psychologique et morale.

Le médecin écoutait d'abord le malade. Les soins consistaient en premier lieu dans cette prise en charge qui se traduisait par une attention à l'être au plus profond. Mais No, comme l'ensemble de ses confrères qui, répartis dans tous les quartiers de la ville, vivaient au plus près de la population, savait aussi que la souffrance de l'âme malmène le corps dont il fallait prendre parallèlement, en toutes circonstances, le plus grand soin. Ses mains, par leur expertise, étaient miraculeuses. Elles connaissaient la plus infime partie du corps dont l'approche clinique était très sûre, lui permettant de déceler, avec beaucoup de clairvoyance, le foyer du mal.

C'est pourquoi le secours apporté au malade, en même temps que la phase psychologique, comprenait également un traitement physique consistant en massages et manipulations. L'art du médecin était à ce stade essentiel et demandait une connaissance très sûre du système musculaire et nerveux afin d'intervenir à bon escient sur telle partie du corps. Di fut ainsi émerveillée de l'habileté de No à calmer sa douleur par de subtiles massages de la plante des pieds.

Le troisième volet de la médecine kalulak était le recours aux plantes. Ce sont ces traitements qui demeurèrent les plus mystérieux pour Di. Les médecins préparaient eux-mêmes, pour leurs malades, des onguents, des cataplasmes, des décoctions qu'ils administraient en complément des soins psychologiques et physiques. Interrogé par Di, No demeurait peu disert sur la question. Il se contentait de vanter les propriétés curatives et énergétiques du ja qui constituait la base de l'alimentation des Kalulak. Il ne faisait que de brèves allusions à la collecte de plantes à laquelle les médecins se livraient de temps à autre, selon les lunes, dans le désert.

Les blessures et les fractures étaient soignées avec succès par ce moyen. Le corps de Di, lorsqu'elle fut recueillie par Fa et Dou, était gravement meurtri. No sut trouver les remèdes, ses applications de plantes firent merveille. A ce moment crucial où elle avait tant besoin de secours, la phase de dialogue inhérente à tout traitement fut forcément limitée. Cependant No sut entrer en contact avec sa patiente. L'intensité et la chaleur de son regard, le son de sa voix, la seule force de sa présence avaient eu sur Di une influence décisive. La force des liens qui l'unissaient à No remontait au charme miraculeux de ces premiers moments.

Les médecins, assez nombreux, passaient beaucoup de temps avec les malades, généralement sur leur lieu de vie. Ce n'était que dans les cas particulièrement graves et lourds, qui demandaient une assistance permanente et plus complexe que les malades étaient accueillis dans de petites unités médicales réparties entre les quartiers. La chirurgie était rarement pratiquée et n'intervenait que dans les circonstances extrêmes où toute autre voie s'était montrée insuffisante. L'art des Kalulak était simple et direct, l'anesthésie et la cautérisation étaient obtenues par un savant recours aux plantes.

11

No, comme Zé, se plaisait à accompagner Di dans ses promenades. C'est lui qui lui fit découvrir les vertus de l'unique fleur de la cité. Di avait bien remarqué sa présence discrète partout à travers la ville et le soin respectueux et attentif dont elle faisait l'objet de la part des habitants. No fut pour Di le premier à la nommer, – cette fleur s'appelait mi, et à lui en révéler le sens et l'importance pour les Kalulak. C'était une sorte de petite plante grasse étiolée, peu exigeante, et dont la fine fleur rose en forme de minuscule trompe exhalait un parfum délicat, le soir, lorsque la chaleur du jour décroissait. Elle poussait dans l'interstice des pierres et on la voyait devant toutes les maisons. Elle remplissait allègrement les parterres et les jardinières des espaces publics. Aux yeux des Kalulak, mi était le symbole de la vie dans sa fragilité et sa pugnacité, sa beauté et son mystère.

Elle était l'emblème de la justice. Avec le médecin qui utilisait ses fortes vertus curatives, seul le juge avait le droit de cueillir mi, qu'il tenait entre le pouce et l'index de la main droite lorsqu'il prononçait ses avis. Puis en signe de réconciliation, il plaçait la fleur au-dessus de l'oreille droite des citoyens qui portaient ainsi aux yeux de tous la manifestation de l'harmonie retrouvée. Comme les médecins, les juges vivaient au milieu des leurs au sein des quartiers.

C'est ainsi que No eut rapidement un rival dans le cœur de Di, ce fut le juge. No prenait soin des corps, Ti veillait sur la société, tous les deux avaient en charge les âmes. Ti, comme les autres juges, jouissait d'un grand prestige accompagné d'une autorité qui lui était naturelle. Le droit des Kalulak était coutumier, seuls quelques textes fondamentaux étaient écrits et constituaient le socle de l'organisation politique et sociale. Le juge était plus un médiateur qu'un magistrat. Il intervenait pour apaiser les conflits qui pouvaient opposer certains des citoyens. Les cas étaient rares et se limitaient la plupart du temps à de simples disputes. Le juge usait de persuasion, d'appel au bon sens et aux sentiments, à l'intérêt général, pour calmer les esprits. Après le verdict, qui consistait en des paroles de paix, les protagonistes repartaient sereins à leurs occupations, la fleur mi à l'oreille.

Ignorés du reste du monde, dont ils auraient eu à se défendre, les Kalulak ne se connaissaient pas d'ennemis et n'étaient point belliqueux. Ils ignoraient les armes dont l'usage leur était inutile. Se fiant à la raison et au sentiment, respectueux de la vie, le recours à la force leur était étranger. Ils n'auraient songé à tuer. Dans la cité, l'ordre, public ou privé, était une affaire collective. Chacun était concerné. Ainsi point de police, point de prisons. Ne possédant rien, ils n'auraient su voler. Egaux entre eux, la convoitise n'aurait pu éveiller appétits ou envies. La seule rivalité susceptible de se manifester était celle qui animait le débat démocratique.

Un jour qu'il entretenait Di des affaires de la cité, Ti ne manqua pas de la surprendre en lui livrant cette réflexion : « Vois-tu, ma chère enfant, dans notre société, les seuls délinquants potentiels sont les édiles. Parvenus au pouvoir, confectionnant la loi, le danger est fort pour eux de se croire au-dessus d'elle et le risque d'exactions probable. C'est pourquoi le débat permanent de la chose publique sur la place publique, devant tous les citoyens et avec leur participation, constitue le seul rempart susceptible de protéger la démocratie contre l'abus de pouvoir de ses édiles. »

C'est le même jour que Ti apprit à celle qu'il n'aurait pu appeler la belle captive car le mot n'existait pas en kalulak, que la loi de la cité prévoyait une seule peine, le bannissement. Mais jamais on n'y avait eu recours. La raison et la volonté de conciliation l'avaient toujours emporté. Et les dangers de la peine suprême et unique étaient considérables, – pour l'individu car ils étaient synonymes de mort certaine, dans l'isolement du désert, – pour la cité aussi, dans le cas peu probable mais qu'on ne pouvait exclure, où le condamné serait recueilli et l'existence de Kalulak ainsi révélée au monde.

Ti se plaisait à guider Di vers le haut de la ville, au plein cœur de la vie politique et spirituelle de Kalulak. Nul jusqu'alors n'avait osé le faire aussi ouvertement. Il fallait l'autorité d'un juge pour que la présence de Di sur l'agora ne fût contestée par personne. C'est là, en effet, que chaque jour vers la fin de l'après-midi, se rassemblaient librement tous les citoyens qui le souhaitaient, pour débattre entre eux et avec les édiles des affaires de la cité. Lorsqu'elle assista pour la première fois à la réunion, Di ne comprit pas grand-chose aux propos qui étaient échangés, mais elle fut frappée par l'atmosphère détendue et affable qui s'en dégageait. Elle eut l'impression d'être témoin d'une fête à laquelle chacun était heureux de participer dans un brouhaha bon enfant et de bon aloi.

C'est dans la chaleureuse ambiance d'une fin d'après-midi sur l'agora que Di rencontra Yi. L'étrangère, dont la haute taille dépassait généralement celle des Kalulak, était ce jour-là plongée dans une méditation rêveuse que lui inspirait la vue de la sculpture puissante et aérienne de Lu, l'emblème de la cité. Yi s'approcha doucement de Di : « Quelle profonde réflexion vous inspire donc la contemplation de Lu, mon enfant ? » lui dit-il d'une voix douce et grave. Di ne sut que répondre et posa un long regard fixe sur l'interlocuteur inattendu. Yi portait au cou le symbole de la cité, ce qui indiquait aux yeux de tous qu'il appartenait au collège des Sages.

Jusqu'au moment de cette rencontre, les Sages étaient les seuls parmi les habitants de la cité avec lesquels Di n'avait eu aucun contact. Les Sages étaient peu nombreux et ne vivaient pas dans les quartiers au sein de la population. Leur petite communauté, une douzaine seulement, était installée en bordure de la colline centrale du Lak, dans un lieu calme et serein, autour d'une sorte de cloître. Ils passaient une partie de la journée dans le recueillement et l'autre à se mêler à la population lorsqu'elle se rassemblait sur l'agora. A la pleine lune, ils présidaient les cérémonies auxquelles tous participaient, réunis sur le Lak, autour de la grande statue de Lu.

Au cours des conversations qu'elle eut avec Yi, Di comprit que les Kalulak n'avaient pas à proprement parler une religion dont Lu aurait été le dieu. Ce qu'ils manifestaient lors des cérémonies lunaires était plutôt la vénération d'un symbole qui recelait la signification profonde de leur société. Mais pour le comprendre pleinement il fallait que Di pénètre au cœur intime des pratiques sociales et amoureuses des Kalulak dont jusqu'alors sa singularité féminine l'excluait.

12

L'intégration de Di dans la cité se poursuivait sans heurt. La jeune femme en saisissait de mieux en mieux l'organisation et le rôle que chacun y jouait, elle en connaissait les principaux acteurs comme les plus modestes, chacun assumant sa partie sans qu'une hiérarchie de valeur ou d'importance intervînt réellement. Si elle ne pouvait être totalement assimilée en raison de sa différence, tous désormais l'avaient vue et si elle ne pouvait passer inaperçue, du moins n'attirait-elle plus l'attention. Elle était en contact avec les édiles et le peuple. Elle avait même rencontré l'autorité suprême des Kalulak, ce qui n'était pas très difficile car le Président Chi aimait se mêler à la foule, ce qu'il faisait régulièrement, en particulier sur l'agora lors des rassemblements démocratiques quotidiens. Son rôle était surtout honorifique, il présidait le Conseil d'en haut et l'Assemblée du peuple sans y jouer un rôle d'arbitre. Il s'en accommodait avec bonhomie, conscient des symboles qui s'attachaient à sa fonction et en constituaient le prix aux yeux de ses concitoyens.

Les jours passaient. Di n'en tenait pas un compte exact. Elle estimait cependant que deux bons mois s'étaient écoulés depuis son arrivée. Elle avait vite retrouvé une bonne santé grâce aux soins dont elle avait fait l'objet. Malgré l'angoisse que lui procurait de temps à autre l'étrangeté de sa situation, elle se sentait plutôt bien, en bonne forme physique et morale. Beaucoup l'entouraient d'affection, lui prodiguaient leurs soins chacun à sa manière et dans son domaine. Dans les bras de Fa, elle connaissait l'amour. Cependant à ce propos une question commença à la lanciner. Depuis son arrivée, ses règles n'étaient pas réapparues. Certes l'état de choc qu'elle avait subi avait pu perturber leur cycle. Mais le temps passait et elle finit par se demander sérieusement si elle n'était pas enceinte.

Di se décida à informer Fa de ses appréhensions. Il en demeura un long moment rêveur et perplexe, manifestement troublé par la déclaration. Cette réaction était rare chez lui qui faisait preuve en toute circonstance de sérénité et de maîtrise de soi. Déconcerté par la nouvelle, il essayait de faire la part de l'émotion et de la raison. Au bout d'un long moment, il se tourna vers Di et la regarda dans les yeux :

– Il faut attendre un peu, Di, il faut que tu en sois sûre. Alors nous parlerons, nous déciderons de ce qu'il faut faire.

– Je t'aime, Fa. Ce qui peut arriver n'a pas de prix auprès de cet amour qui me donne force et confiance.

Fa fut peut-être encore plus surpris de cette déclaration que de la première. Sa conception de l'amour, celle que partageaient les Kalulak, était brutalement confrontée au caractère unique, personnel, irremplaçable que lui donnait Di. Il se prit à penser qu'il était grand temps d'achever son éducation. Car sous les dehors de la spontanéité et de l'improvisation, Di avait fait l'objet d'un véritable programme éducatif destiné à permettre son intégration à la société kalulak. En raison des relations les plus intimes qui l'unissaient à Di, Fa savait pertinemment que l'assimilation ne serait jamais totale. Malgré cet obstacle irrémédiable, Fa pressentait que Di devait elle-même prendre conscience de la situation. La laisser dans l'ignorance représentait un grand risque, celui que les choses deviennent rapidement ingérables. C'est pourquoi il décida d'emmener Di à la ronde d'amour.

Sachant ce qu'il savait mais que d'autres peut-être avaient déjà deviné, c'est-à-dire que Di était unisexuée, Fa ne pouvait envisager qu'elle participe à la ronde. Il souhaitait simplement qu'elle en soit spectatrice afin que sa connaissance des Kalulak et l'appréciation de sa propre situation atteignent un stade qu'il jugeait désormais indispensable. Il prit donc le risque de la révélation, qui pouvait lui être reproché par ses concitoyens, mais dont il essaya de limiter les effets en dissimulant Di aux yeux de tous. Il la conduisit secrètement à travers un dédale de couloirs jusqu'à une petite pièce de service de l'Assemblée du peuple d'où l'on avait une excellente vue sur le Lak, agora centrale de la cité, lieu de tous les événements importants rythmant la vie des Kalulak. Ce qu'elle vit de ce poste d'observation privilégié ne manqua pas de surprendre Di et de la plonger dans de profondes interrogations.

13

Les Kalulak avaient coutume de se rassembler sur l'agora à la pleine lune. La foule était immense, des plus jeunes, dès qu'ils avaient atteint l'âge civique qui était de seize ans, aux plus âgés, tant qu'ils étaient encore en état de se déplacer. Ainsi la réunion commençait dans un grand brouhaha et, pour l'observateur non averti, dans une confusion totale. Arrivés à la tombée de la nuit, dès que l'astre nocturne apparaissait dans le ciel, les Kalulak commençaient par se congratuler vivement, chacun cheminant dans la foule et se frottant naturellement à tous ceux qu'il rencontrait. Les salutations les plus chaleureuses étaient échangées : « Paix sur toi ! Jouvence sur ton âme et ton cœur ! Force et amour ! Sereine quiétude ! Ardente félicité ! »

La dégustation de mets et de liqueur stimulait la chaleur des retrouvailles. Il s'agissait, en fait, comme Di devait l'apprendre plus tard, d'une pratique rituelle exclusivement réservée à certaines occasions : les rencontres de la pleine lune et les fêtes religieuses. La liqueur distribuée par les Sages et fabriquée par eux s'appelait cha. Faiblement alcoolisée, elle était composée de macérations d'herbes aux vertus euphorisantes et aphrodisiaques. En dehors des circonstances où le cha était distribué, les Kalulak ne buvaient jamais d'alcool. Ils étaient d'autant plus sensibles aux effets de la potion. Cette prise exceptionnelle était accompagnée de la dégustation de petits escargots également réservés aux mêmes occasions.

Les escargots étaient consommés vivants, sortis de leur coquille à l'aide de petites piques de bois et éventuellement trempés dans un peu de cha. Emblème de la cité, l'escargot avait un caractère sacré. Il vivait en colonies serrées, aux abords de la ville, à proximité de l'entrée plus fraîche des carrières d'où provenait la nourriture des Kalulak. Entouré de respect, il n'était jamais touché par quiconque, réservé aux soins du collège des Sages. Eux seuls en faisaient la récolte pour nourrir la ronde d'amour ou alimenter certaines cérémonies qu'ils présidaient. Les Kalulak dégustaient le mets sacré avec componction et l'arrosaient de gorgées de cha dans le même recueillement fébrile.

Ces libations étaient accompagnées de chants et de musique. Des cantiques connus de tous étaient repris en chœur. L'un d'eux disait :

O frères
Unissons-nous
Unissons nos corps et nos âmes
Afin que vive en nous
L'amour éternel

Di fut émue par ce qu'elle entendait, elle eut l'impression, l'espace d'un moment, de percevoir, venus du fond de sa mémoire, les échos mélodieux et mélancoliques des offices dominicaux de son enfance. Mais très vite elle fut tirée de sa brève songerie par le spectacle qui s'organisait sous ses yeux.

Après la période d'effervescence générale et l'impression de confusion que donnait le début de la réunion, tout en continuant de se congratuler en de vives accolades et d'étroits embrassements, les Kalulak s'organisaient peu à peu en procession et bientôt Di fut saisie par la vision magique d'immenses cercles imbriqués les uns dans les autres et naturellement plus restreints à mesure qu'ils approchaient du centre du Lak, ordonnançant la foule qui désormais se muait dans un corps à corps compact et collectif.

Les cercles tournaient lentement, tous dans le même sens, de l'orient vers l'occident, sur un rythme lent, dans un balancement mesuré pas à pas, chaque maillon de la procession serré à celui qui le précédait en le tenant dans se bras, poitrine contre dos, ventre contre fesses, cuisses contre cuisses. Au murmure tout en douceur qui s'élevait de la procession succéda bientôt un halètement puissant qui rythmait désormais le mouvement plus saccadé, comme heurté, de la danse, comme si l'univers circulaire qu'elle animait, entrait en transe.

C'est que chacun, dans la ronde d'amour, pénétrait celui qui le précédait et qu'il serrait étroitement, et qu'il était pénétré par celui qui le suivait et le tenait embrassé. Plus la déambulation avançait, plus le plaisir montait et le râle du bonheur s'élevait vers le ciel. Ainsi les Kalulak pouvaient-ils répondre aux exigences de leur double nature, mâle et femelle à la fois. Ils prenaient tout en étant pris et parvenaient, par la vertu de ce double et unique mouvement, à la plénitude de l'amour.

14

Longtemps Di resta plongée dans la profonde rêverie où l'avait jetée le spectacle dont elle avait été témoin. Fa vint la chercher lorsque la foule fut dispersée. Di n'avait pas vraiment eu conscience du temps écoulé après le moment culminant de la ronde. Les Kalulak étaient restés enlacés tandis que la clameur d'exultation s'était muée en gémissements et en soupirs et que la ronde peu à peu avait ralenti pour s'immobiliser définitivement. Petit à petit les cercles s'étaient défaits, des groupes restreints s'étaient formés dont les membres se congratulaient, se caressaient avec une tendre affection. Puis la dispersion commença, chacun rentrant chez soi comme en flânant au clair de lune. C'est à ce moment que Fa avait rejoint Di.

Ce soir-là, ils n'échangèrent que de rares propos. Fa préférait attendre des questions plutôt que de s'aventurer à des explications qu'il n'aurait su orienter, réduit à supposer les interrogations secrètes de sa compagne. Les questions ne manquaient pas mais Di avait du mal à les formuler. Fa prit d'infinies précautions pour que le déplacement de Di ne soit pas remarqué. Il était conscient d'avoir pris des risques et en quelque sorte de trahir les siens. Cependant son attachement était tel, sa dépendance à une forme de relation jusqu'alors inconnue pour lui, fondée sur un rapport personnel, unique, qu'il accepta de renouveler l'expérience le lendemain et les jours suivants car il avait peut-être eu l'imprudence de révéler à Di que les agapes de la pleine lune duraient cinq jours.

Di put ainsi observer à loisir le spectacle dont l'émotion du premier soir lui avait caché bien des particularités. Elle constata que les Kalulak semblaient se regrouper par affinité mais que les groupes changeaient. Elle eut conscience que les rapports entretenus par les Kalulak entre eux, non seulement n'avaient rien de privé mais qu'ils ne revêtaient en réalité aucun caractère d'exclusivité ou même de limitation. Il lui semblait ainsi possible pour chacun de prendre dans la ronde la place qu'il souhaitait, choisie à la faveur des préliminaires festifs qui précédaient la formation de la ronde. Il ne paraissait pas y avoir de heurts, de compétition, de rivalités. Tout se passait comme si ces notions n'avaient pas cours et que, si des affinités pouvaient jouer, chacun en réalité avait la liberté d'aller avec tous.

Di comprit un peu mieux lorsque Fa lui expliqua le souci de fécondité qui animait les Kalulak. Deux certitudes le fondaient, d'une part que les conditions optimales individuelles étaient réunies pendant la pleine lune et, d'autre part, que les échanges multiples favorisaient la fécondation. Les Kalulak étaient, en effet, au plus haut point désireux de perpétuer leur espèce et d'en réunir toutes les conditions. Di avait, bien sûr, été frappée par le soin vigilant et attentif qu'ils apportaient à l'éducation des enfants dès leur plus jeune âge. Mais beaucoup de choses lui échappaient encore et elle n'avait pas pénétré le secret de leur naissance, n'ayant jamais rencontré un Kalulak portant manifestement un enfant en son sein, n'ayant jamais non plus assisté à un accouchement.

Et pour cause. Lorsqu'ils étaient fécondés, les Kalukak portaient pendant trois mois un embryon enveloppé dans un œuf qui en fin de période leur arrondissait légèrement le ventre et qu'arrivés à terme ils allaient déposer à la couveuse. Leur rôle parental individuel s'arrêtait là, se limitant à la ponte. Di n'aurait jamais découvert seule cette réalité première mais c'est l'état dans lequel elle se trouvait elle-même qui conduisait Fa à aller jusqu'au bout de son initiation. Il lui révéla du coup sa propre inquiétude. Elle-même était-elle porteuse d'un œuf ?

N'eût été la gravité de la situation, Di aurait pu éclater de rire. Mais ce n'est qu'un pauvre sourire que la jeune femme réprima au coin de ses lèvres. Son inquiétude, à chaque révélation, ne faisait que croître et elle se sentait de plus en plus étrangère parmi ce peuple hermaphrodite et pondeur, dont elle ne pouvait partager les pratiques amoureuses et encore moins imaginer d'en porter en son sein les conséquences. C'était, en effet, une intime conviction, Di sentait au plus profond d'elle-même – chair et âme – que l'enfant qui lentement prenait vie en elle, cette petite racine collée au fond de son ventre, croîtrait, se développerait, gonflant ses seins et son abdomen à l'extrême, jusqu'au jour où il pousserait pour sortir entre ses jambes en petit être vagissant et humide.

15

Initiée au secret des Kalulak, Di souhaita entrer dans une couveuse. Elle en avait jusqu'alors ignoré l'existence et l'accès ne lui en n'avait jamais été proposé. Elle pensait que les enfants naissaient dans les cliniques de quartier et qu'ils étaient aussitôt après leur naissance rassemblés dans les crèches de secteur. Une fois encore l'entremise de Fa lui permit d'aller plus avant dans sa connaissance des Kalulak. Rien de spectaculaire dans ces institutions que l'on trouvait également réparties par quartiers. Contrairement à ce que Di avait pu s'imaginer, les Kalulak ne se relayaient pas pour couver les œufs qu'ils avaient pu déposer. La réalité était plus prosaïque. Sans doute, à l'origine, la couvée fut-elle individuelle. Mais le mode de vie collectif des Kalulak les conduisit à pratiquer une autre méthode simple et efficace.

Les œufs que Di fut ainsi appelée à découvrir et qu'elle trouva d'une grosseur comparable à ceux des autruches, étaient soigneusement disposés sur de larges claies recouvertes d'épaisses couches de paille dans lesquelles ils semblaient s'enfoncer douillettement. Ils étaient recouverts de voiles d'un tissu végétal que Di n'avait encore vu et dont la légèreté et la transparence surprenaient. La température des couveuses était élevée, maintenue grâce à la construction du bâtiment particulièrement soignée, à son exposition, à la présence de nombreux Kalulak, qui, en silence, tournaient autour des claies, et parfois à la chaleur d'un foyer. Di apprit qu'au bout de trois mois lunaires les médecins écoutaient soigneusement les œufs dont, sur leur avis, la coquille déjà fendue, était définitivement brisée, donnant ainsi naissance à un petit être qui était immédiatement pris en charge dans la crèche voisine.

Les Kalulak élevaient leurs enfants avec tendresse et rigueur. Les nouveau-nés, dès leur arrivée à la crèche, étaient nourris d'un lait extrait de tiges de ja, cette plante providentielle et vitale, cultivée dans les carrières de la cité. Dans les premiers jours, ils étaient confiés aux soins avisés et vigilants d'un personnel spécialisé, puis, peu à peu, la charge était partagée et les adultes ou même les enfants plus âgés qui le souhaitaient venaient prodiguer les attentions nécessaires à une heureuse croissance des bébés qui grandissaient ainsi entourés de l'affection de tous.

Il se produisait aussi que des œufs n'arrivent pas à terme, ne donnant signe d'aucune vie. Après décision d'un médecin, ils étaient dans ce cas écartés et transportés dans la tristesse et le recueillement jusqu'aux abords de la cité dans les enclos discrets où les Kalulak avaient coutume d'enterrer leurs morts. Di ne sut jamais si ces cas étaient nombreux mais elle perçut pleinement le profond respect dont les Kalulak entouraient la vie dès ses premières manifestations et la piété qu'ils portaient aux morts, même à ceux qui n'avaient pu atteindre aux rivages de la vie.

La présence des enfants animait les rues de la cité et contribuait fortement à cette impression de ruche joyeuse que ressentait Di au cours de ses promenades. La rue était une fête. Le ciel était rarement voilé et dans la lumière du soleil, les artistes de rue chantaient, jonglaient, jouaient des airs entraînants, contaient des histoires fantastiques. En déambulant, Di serrait dans sa main la boule que Zé lui avait donnée et qu'elle portait comme un talisman. Elle se sentait ainsi forte et protégée, confiante face à l'avenir. Elle regardait avec tendresse les floraisons discrètes de mi au seuil des portes. Elle ne craignait plus de rencontrer les grands chiens qui erraient dans la ville et venaient la flairer en quête d'une caresse ou d'une friandise. Elle préférait le contact des chats plus secrets qui lui rappelaient les figures hiératiques et mystérieuses de l'Egypte ancienne de ses livres d'histoire. Chiens et chats, go et ca en kalulak, étaient les seuls animaux domestiques qui vivaient dans la compagnie des habitants de la cité. Ces animaux symbolisaient la vie et le respect dont elle doit être entourée sous toutes ses formes, et c'est dans ces principes que les Kalulak élevaient leurs enfants.

Les animaux n'avaient ainsi rien à craindre des plus jeunes dont ils recherchaient la présence et accompagnaient les jeux. La cité bruissait à tout moment des activités des enfants et des jeunes. Les écoles et les lieux de vie qui les entouraient étaient répartis à travers les quartiers et l'on entendait ainsi à longueur de journée, les récréations, les leçons répétées à haute voix, les échanges et les clameurs sur les aires de sport. Après la crèche et le jardin d'enfants, la scolarité se déroulait en trois temps, de sept à dix-sept ans : l'école de base où l'on apprenait les fondamentaux, l'école moyenne où l'on consolidait et élargissait les connaissances, le prytanée où l'on préparait à la vie professionnelle.

A l'issue de la scolarité qui correspondait à l'âge adulte, les jeunes étaient orientés vers un métier qu'ils choisissaient par goût et selon leurs aptitudes mais aussi en fonction des besoins de la cité. Quel que soit le domaine d'activité, la formation était assurée par compagnonnage. Chaque apprenti avait un tuteur qui lui transmettait son savoir, tandis qu'il se livrait à ses premières pratiques. La ville ressemblait ainsi à un grand atelier, à un chantier permanent où la perpétuation côtoyait l'innovation. Et peu à peu les jeunes s'émancipaient et prenaient à leur tour la charge de leurs cadets. Ces principes éducatifs contribuaient grandement à l'harmonie qui régnait dans la cité.

16

Di était entrée dans le paysage mental des Kalulak qui ne remarquaient plus ses allées et venues et oubliaient tout simplement sa présence. Pourtant ils enregistraient quelque chose de nouveau qui soudain allait leur paraître flagrant et résonner en eux comme un coup de cymbales au cœur d'une mélodie. Les seins de Di gonflaient, son ventre s'arrondissait. Il devint tout à coup évident aux yeux de tous qu'elle était fécondée. La question du comment ne tarda pas à se poser. Une agitation comparable à celle qui avait suivi l'arrivée de la jeune femme dans la cité se propagea rapidement. La situation de Di devint une affaire d'Etat. Le débat était sur la place publique, des réponses étaient attendues des autorités.

Fa était interpellé en première ligne car il était considéré par tous comme le tuteur de Di. Sa complicité avec la jeune femme avait de longue date éveillé la jalousie de Dou qui ne manqua pas de conduire contre son rival une offensive d'autant plus vive qu'ils appartenaient à des groupes différents et que Dou était du côté du pouvoir. A la différence, cependant, de la première, cette nouvelle affaire était non seulement politique mais également sociale. Di comptait en effet de nombreux amis, Zé, le jongleur, No, le médecin, Ti, le juge, Yi, le Sage, pour ne citer que les plus proches, qui tous se mobilisèrent pour calmer l'opinion.

Fa était sans doute le plus isolé, réduit à défendre Di sans pouvoir révéler son secret. Les amants ne pouvaient plus se voir qu'en cachette, tenus à la plus grande discrétion afin de ne pas alimenter la polémique et d'échapper à la trop facile pâture de la médisance. Et pourtant ils ne brûlaient que d'une envie, celle de se rencontrer. Ils avaient besoin de se réconforter mutuellement, de se consoler, de se caresser, de s'aimer, de rester enlacés de longs moments, serrés l'un contre l'autre d'une étreinte si forte que le moindre espace ne puisse les séparer. Ils avaient besoin de cet amour consubstantiel où l'un était indispensable à la flamme de l'autre. Les minutes, les rares heures qu'ils arrachaient au temps, s'écoulaient inexorablement et les laissaient abandonnés et meurtris aux rives de la séparation.

Ils avaient à peine le temps de se parler tout pressés qu'ils étaient de se couvrir des baisers et des caresses dont le réconfort l'emportait sur le plus brûlant des serments. Il fallait pourtant regarder la réalité de cet amour. Inconcevable, inexplicable aux yeux des Kalulak, le fruit en était de surcroît improbable. Depuis longtemps déjà, Di pensait qu'elle ne portait pas en son sein l'œuf que Fa aurait pu féconder. Cinq lunes bientôt seraient passées depuis son arrivée à Kalulak et bien plus de trois depuis ses premières amours avec Fa. Di ne pouvait plus croire à une miraculeuse fécondation qui l'aurait assimilée au peuple de la cité. Elle s'était longuement interrogée dans un douloureux travail de mémoire et ce qui était enfoui en elle, ce que la renaissance de son arrivée à Kalulak avait refoulé dans la césure qui la séparait de sa vie antérieure, était revenu, en images fugaces d'abord, puis de plus en plus lancinantes et brutales.

Jetée inconsciente au bord de la route par les camionneurs qui l'avaient violée et battue, elle était enceinte de leurs œuvres. Di ne pouvait plus en douter, elle en avait convaincu Fa. La confession fut pénible mais salutaire. Di fut soulagée de partager la lourdeur de son secret. Fa se souvint que parmi les blessures et meurtrissures qui flétrissaient le corps de Di, que Dou et lui avaient retrouvé au bord de la route, il avait été frappé par les traces de sang qui entouraient le sexe de la jeune femme. Il fut ainsi peu à peu convaincu que l'enfant qui allait naître ne serait pas le sien et ressemblerait à un petit d'homme, sexué comme le commun des mortels, différent de l'exception kalulak. Il lui fallait désormais non seulement vivre avec cette réalité mais également prendre le parti d'en parler publiquement.

Di prit la décision de se confier à ses amis. A chacun d'eux elle expliqua que l'enfant qu'elle attendait avait été conçu avant son arrivée à Kalulak et qu'elle le porterait neuf mois au terme desquels il verrait le jour. Ils réagirent chacun selon son âme et son état. No promit à Di une assistance permanente et la rassura grandement pour les jours à venir et l'issue de sa grossesse. Zé lui recommanda de ne pas oublier la boule dont il lui avait fait cadeau et lui affirma qu'elle tirerait joie et réconfort à la manipuler fréquemment. Ti lui indiqua gravement qu'il engagerait toute sa vigilance dans sa protection. Yi lui parla de miracle, de surnaturel, de symbole. Di ne comprit pas tout mais sentit la grande bonté qui inspirait ces propos.

La partie pour Fa était plus rude. Il se trouvait confronté à un véritable dilemme : soit il revendiquait sa paternité et s'exposait à l'accusation d'hétérosexualité, soit il divulguait la vérité et risquait de livrer Di à l'arbitraire d'un jugement qu'il ne pourrait maîtriser. Il n'eut pas à balancer longtemps car Dou prit l'initiative d'une violente mise en cause publique. Jaloux depuis longtemps des rapports privilégiés que Fa entretenait avec Di et soupçonnant d'ailleurs que des relations très intimes aient existé entre eux, Dou accusa son rival de nourrir des desseins inavouables en protégeant la jeune femme dont non seulement la présence mais l'état désormais ne pouvaient manquer de provoquer de graves problèmes au sein de la cité. Bientôt l'agora ne bruissa plus que de ce sujet. La rumeur courut que Fa pouvait comparaître devant le Conseil d'en haut et qu'il risquait une condamnation exemplaire. Certains même parlaient d'exil. Enfin l'agitation des esprits fut telle que le débat politique devint inexorable.

17

Le drame pour les Kalulak c'est qu'ils ne pouvaient imaginer qu'une femme fût enceinte des œuvres d'un homme. Les plus instruits d'entre eux connaissaient, bien sûr, les principes de la reproduction humaine qu'ils auraient pu comparer, pour aider leurs concitoyens à l'intelligence du sujet, à ceux des mammifères qui leur étaient familiers, tels les chiens et les chats qui peuplaient les rues de la cité. Mais les hermaphrodites étaient eux-mêmes des humains et tout ce qui pouvait contribuer à jeter une lumière trop vive sur leur singularité était considéré comme dangereusement subversif par les autorités. Ainsi en aucun cas il ne pouvait être admis comme politiquement correct que Di soit naturellement enceinte. Cette situation était trop dangereuse pour l'ordre public. Il fallait trouver une autre explication et celle-ci demandait la désignation d'un coupable.

En contribuant à le démasquer, Dou faisait œuvre de salut public et renforçait l'autorité du pouvoir en place. C'est bien sûr à l'heure où le peuple se rassemblait tous les jours sur l'agora qu'il était assuré de sa meilleure audience. Pour mieux écraser son rival, il n'hésita pas à flatter les sentiments les moins nobles qui peuvent traverser une foule échauffée : « Ô peuple de Kalulak ! proclamait-il, toi dont les ancêtres ont vécu au sein de ce désert qu'ils ont su vaincre par leur vertu, leur persévérance et leur foi dans le caractère sacré de leur descendance, vas-tu longtemps tolérer parmi les tiens la trahison, le reniement, la rébellion ? Comment qualifier, en effet, une conduite défiant l'ordre naturel des choses et dont les conséquences prévisibles portent atteinte à la société tout entière, à l'histoire de la nation, et interrogent l'avenir dans l'angoisse de l'incertitude ? »

Interpellés par de tels propos et d'autres plus violents, les Kakulak manifestaient leur inquiétude, multipliaient leurs interrogations, s'enflammaient à l'idée de mystérieux changements, d'évolutions et de remises en cause du système établi. La rumeur enflait. Le nom de Fa courrait sur toutes les lèvres, souvent accompagné de termes non amènes, le ton montait, les commentaires évoquaient des sanctions, on parla même de châtiments. Dans ce contexte fiévreux qui se démarquait clairement du débat démocratique habituel où chacun pouvait faire valoir sa position, développer ses arguments, il était exclu que Fa paraisse en public. Il aurait été sans nul doute violemment pris à partie, conspué et réduit au silence sous les quolibets, voire les menaces, de la foule. Mais ce n'est pas le manque de courage qui incitait Fa à éviter l'agora et à garder le silence. Son principal souci était de protéger Di. Se défendre était l'exposer. Proclamer sa conviction sur la maternité naturelle de Di, nier sa paternité, était livrer la jeune femme à la vindicte populaire, à l'arbitraire des réactions de rejet et d'exclusion. Pour elle, il fallait consentir à l'opprobre.

Mais le sort de Fa n'inquiétait pas tant les politiques que l'agitation qui croissait de jour en jour et les contraignait à agir. Une délibération de l'Assemblée du peuple fut annoncée. Il n'était pas exclu que le Président intervînt lui-même. Assurément il devenait évident qu'une prise de position claire et ferme du Premier conseiller était attendue. Il était manifeste pour les dirigeants qu'ils devaient non seulement démontrer leur maîtrise de la situation mais surtout donner le sentiment qu'ils en gardaient l'initiative. Le débat à l'Assemblée du peuple fut houleux. Il fallait à tout prix calmer Dou et le dissuader de continuer à haranguer la foule dont on ne pourrait durablement contenir les réactions. Ce fut d'ailleurs l'angle d'attaque de Sa : il fallait avant tout calmer l'opinion, rétablir l'ordre, au besoin nettoyer (le mot fut prononcé et vivement critiqué par les membres mêmes du Conseil d'en haut, mais il s'ébruita – car Sa n'avait pas que des amis au sein du pouvoir – et fit scandale sur l'agora, on soupçonna Vi, dont l'étoile montait dans l'opinion, d'être à l'origine de la fuite). Il fallait aussi éradiquer le mal à sa racine. On parla d'expulsion et de bannissement. L'heure était grave. Vi intervint pour calmer le jeu, il plaida en faveur de l'intérêt supérieur de la nation, de son avenir, de son développement futur, de l'évolution de ses institutions. Son discours fut grandiloquent et mystérieux, c'est souvent sous ces emprises que se prennent les grandes décisions.

Les Kalulak étaient rassemblés sur l'agora. La foule grouillait sur le Lak et semblait porter à bout de bras, telle une idole, le Lu, emblème sacré de la nation. L'attente était exacerbée, les rumeurs allaient bon train, des cris s'élevaient demandant justice, démission, explications... Enfin Ra, le Premier conseiller, parut. La foule se tut. Dans un silence pesant, Ra prit place au pied de la grande statue qui symbolisait la nation elle-même.

Ce n'était que dans les occasions les plus solennelles et les plus exceptionnelles que les plus hauts personnages de l'Etat s'adressaient au peuple du point culminant de la cité, au pied du symbole d'amour et de fertilité. La foule ne s'y trompa pas et resserra encore ses rangs autour du Premier conseiller. Appuyant sa stature massive sur le pupitre dressé devant lui, Ra sut trouver le ton du tribun pour parler du peuple au peuple. Apaiser, rassurer, stimuler, retracer les objectifs, évoquer les engagements, le chemin parcouru, raffermir, rappeler les principes, la nécessité de serrer les rangs dans la fidélité au chef de l'Etat, garant suprême de la nation, regarder l'avenir avec confiance pour un destin unique et jamais démenti. Il annonça enfin une réunion imminente du Conseil d'en haut.

Les Kalulak attendirent tard dans la nuit des nouvelles de cette réunion. Rien ne filtrait et peu à peu ils se dispersèrent. Ce n'est que le lendemain matin qu'un communiqué laconique de la présidence leur apprit le bannissement de Fa pour haute trahison. L'émotion fut vive car la peine était exceptionnelle mais les esprits se calmèrent tout aussitôt, convaincus que l'honneur des Kalulak était sauf et le destin de la nation promis à un souriant avenir.

18

On n'apprit que bien plus tard, et comme toujours au détour de quelques indiscrétions savamment distillées, ce qui s'était passé cette nuit-là au sein du Conseil d'en haut. En réalité, la séance avait été brève et ce n'est que dans le but de faire baisser la tension qui régnait dans la cité que le verdict n'avait été publié qu'au matin. Le Président Chi avait été sobre, mesuré, solennel, distant par rapport à un débat qu'il s'était contenté d'ouvrir et dont il se borna à valider la conclusion, montrant ainsi qu'il se lavait les mains de la condamnation de Fa. Le débat fut court et porta peu sur le fond, comme si, d'un commun accord, Conseil et accusé avaient évité d'aborder le vrai sujet, le scandale inédit d'un amour singulier. On se concentra sur la nécessité d'apaiser l'opinion et de rétablir l'ordre public gravement menacé. Fa n'offrit aucune résistance, décevant par là son adversaire le plus acharné, Dou, qui en conclut publiquement qu'il plaidait coupable. Tous étaient convaincus qu'il fallait un châtiment exemplaire dont Fa, en silence, accepta le verdict.

Le débat se poursuivit quelques instants encore en dehors du condamné qui avait été conduit dans une petite pièce attenante. Il s'agissait de statuer sur le sort de Di. La condamnation de Fa pour avoir enfreint la loi naturelle de l'amour conduisait à la conclusion qu'il était le père de l'enfant à naître, lequel appartenait dès lors à la descendance kalulak. Le Conseil d'en haut décida en conséquence que l'enfant serait élevé dans la coutume de la cité. Il ne statua pas explicitement sur le destin de la mère dont le rôle bien évidemment se bornerait à lui donner naissance. Aucune décision ne fut publiée mais les membres du Conseil d'en haut s'employèrent à faire comprendre qu'on attendait sereinement la naissance d'un petit Kalulak.

Cette même nuit Fa fut autorisé à rejoindre Di. C'est de sa bouche qu'elle apprit qu'au matin il serait conduit aux portes de la cité et que, sous les yeux du peuple assemblé, il partirait, nu et sans viatique, vers le désert. A cette nouvelle, Di le regarda longuement. Fa restait immobile. La pâle clarté de la nuit soulignait la beauté de son visage, l'éclat de ses yeux, l'harmonieux équilibre de son corps. Familier des arcanes du pouvoir et du cheminement obscur des décisions, il avait escompté que son propre sacrifice vaudrait la vie à l'enfant que portait Di et protégerait la mère elle-même – au moins jusqu'à la naissance. Aussi s'employa-t-il à rassurer Di sur les jours de son enfant et sur les siens. Il s'approcha d'elle et lui caressa son ventre, bien rond maintenant. Puis ils restèrent enlacés jusqu'au matin, silencieux, mêlant souvent leurs larmes. Fa se leva avant qu'on ne vînt le chercher. Il serra Di contre lui une dernière fois, lui fit le serment de son amour, la confia à la vigilance de ses amis et sortit, lui adressant de la main un dernier signe.

No fut le premier à rendre visite à Di après le départ de Fa. Le Conseil d'en haut l'avait, en effet, chargé, en tant que médecin, de veiller sur Di et d'être particulièrement attentif au bon déroulement de sa grossesse. Il trouva la jeune femme en larmes. Ce n'était pas une crise, provoquée par le choc d'une nouvelle, la brutalité du malheur. Non, Di était restée assise depuis le départ de Fa, droite, regardant fixement devant elle, et coulaient, lentement, régulièrement, sans fin, sur son visage, les larmes du désespoir. No déploya des trésors d'attentions et d'arguments pour apaiser Di. Pourtant il ne put se soustraire à la relation du bannissement de Fa qu'elle souhaitait elle-même entendre. No lui en fit un récit sobre et précis, depuis le rassemblement du peuple sur le Lak, la comparution du condamné au pied du Lu pour la lecture publique du verdict, le long cheminement à travers les rues principales de la ville vers les portes où le cortège s'était arrêté, jusqu'au moment le plus poignant, le départ de Fa seul sur le chemin de l'est, vers la partie la plus reculée et la moins connue du désert, jusqu'à ce que sa silhouette eût disparu dans le miroitement tremblant de l'horizon.

No ne put cacher à Di qu'après le silence qui avait entouré le verdict, la foule rassemblée sur l'agora avait grondé, qu'on avait entendu des hurlements, des injures, des cris de mort. Fa, hier si aimé, presque adulé, était devenu l'ennemi public, le traître, le symbole du mal. Sur le parcours conduisant aux portes de la cité, les membres du Conseil d'en haut, les Sages, tous les dignitaires qui accompagnaient, selon le protocole édicté, le condamné jusqu'aux bords de l'exil, avaient dû s'interposer pour le protéger de la vindicte populaire. Les quolibets fusaient, parfois les manifestations d'une joie malsaine. No ne voulut pas taire l'attitude, qu'il jugeait scandaleuse, des amis politiques de Fa qui, à aucun moment, n'avaient cherché à le défendre, ni même à le soutenir d'aucune façon, à commencer par Ho, leur chef, qui, sans doute, était trop heureux de se débarrasser, à bon prix, d'un rival qu'il avait toujours jugé dangereux pour lui. No s'excusa de s'être laissé entraîner à cette courte diatribe, mais il n'avait pu cacher ce qu'il avait sur le cœur. Il incita Di à ne pas se formaliser davantage des réactions somme toute superficielles de la foule. Il lui indiqua qu'au contraire, aux portes de la cité, lorsque Fa se mit en route, seul, sur le chemin du bannissement, un silence profond s'était établi, témoin de l'émotion grave du peuple qui accompagnait par là celui qui partait.

19

Enfin, pour Di, le jour de la délivrance fut proche. Les mois avaient passé. Le calme était revenu à Kalulak. Le peuple n'avait pas oublié le départ de Fa. Souvent dans les rues, sur l'agora, son destin faisait l'objet de commentaires. Au début, les avis étaient tranchés, les accusations violentes, rares étaient ceux qui osaient plaider en sa faveur. Puis les opinions se nuancèrent, les esprits s'apaisèrent. Fa devint l'absent. Beaucoup s'interrogeaient sur les possibilités de survie dans les conditions extrêmes du désert. Personne n'avait oublié que Di portait son enfant et tous attendaient avec une impatiente curiosité la naissance si exceptionnelle d'un petit Kalulak.

Pour éviter à Di tout heurt pendant sa grossesse, toute scène qui eût pu lui être préjudiciable, le Conseil d'en haut lui avait fait recommander d'observer la plus grande discrétion dans ses sorties, en se limitant aux seuls déplacements que pouvait exiger son état. Le Président Chi lui-même lui avait fait parvenir un message d'attention et d'encouragement. No multipliait les soins auprès de celle qu'il considérait comme sa pupille autant que sa patiente. C'est lui qui le plus souvent l'accompagnait dans les promenades quotidiennes qu'il jugeait indispensables à sa santé. La plupart du temps ils sortaient le soir, au crépuscule, à l'heure où les passants dans les rues se faisaient plus rares et plus discrets. Ainsi cheminaient-ils ensemble dans la paisible lumière vespérale sans être importunés. La promenade la plus fréquente les conduisait jusqu'au Lak, au pied de la grande statue de Lu, puis ils redescendaient tranquillement jusqu'au quartier où Di habitait.

Ils allaient rarement jusqu'aux portes de la ville car à la vue du désert les yeux de Di se remplissaient de larmes, sa gorge se serrait, la pensée de Fa devenait lancinante. Quand elle rentrait alors, elle prenait dans ses mains la boule que Zé lui avait donnée et dont le contact l'apaisait. Di recevait régulièrement la visite de ses amis, le juge Ti, Yi, le Sage, et son cher Zé, le jongleur, dont les facéties ne l'avaient jamais lassée. Tous redoublaient d'attentions pour elle, afin que le temps ne lui paraisse pas trop long et que la fatigue due à son état ne l'accable pas. Lorsque No était retenu ailleurs, ils l'accompagnaient pour sa promenade du soir et leur présence à ses côtés, du fait de leur notoriété et du respect qui les entourait, auréolait Di d'un nimbe sacré.

La connaissance que les médecins kalulak pouvaient avoir de l'obstétrique humaine était rudimentaire et No avait bien conscience que mettre un enfant au monde était une tout autre affaire que de pondre un œuf. Il s'était longuement préparé à cet événement par la réflexion, des entretiens avec ses collègues, la lecture des rares documents qui pouvaient exister à Kalulak à ce sujet. Il s'était employé à rassurer Di qui, elle-même, issue d'un milieu puritain, était peu informée et manquait de repères pratiques. Elle pensait souvent à sa mère sans pour autant avoir la certitude que sa présence à ses côtés lui eût été d'un grand secours. S'inspirant de la vie des animaux domestiques qui peuplaient la cité, No se disait qu'il fallait faire confiance à la nature et à l'ordre des choses. Il réfléchit aux moyens d'accompagner Di et de réduire le plus possible ses douleurs. C'est ainsi qu'il lui fit faire régulièrement des exercices respiratoires et qu'il prépara les onguents et décoctions qui lui paraissaient les plus aptes à l'apaiser sans pour autant l'endormir.

Le moment vint où Di eut les premières douleurs puis perdit les eaux. No s'était entouré de deux collègues afin que la parturiente fût le mieux possible prise en charge. Mais tous savaient bien que l'essentiel reposait sur elle et qu'ils seraient bien en peine de réagir à un événement exceptionnel. Di fut courageuse et forte. Elle respira et poussa mieux encore que l'entraînement ne l'y avait préparée. No était posté devant elle, à l'orée de ses jambes écartées. Il fut particulièrement impressionné lorsqu'il vit apparaître la tête du bébé. Il encouragea Di de plus belle et l'enfant tout entier sortit du ventre maternel. No avait bien réfléchi à la façon dont il couperait le cordon ombilical. Cette opération se déroula sans problèmes. No nettoya l'enfant, le frictionna, l'enveloppa dans un linge, avant de le tendre à sa mère épuisée et souriante. C'était un garçon.

20

Le bébé avait poussé ses premiers cris, prouvant ainsi sa santé et sa vitalité, réagissant à la rudesse nouvelle et inconnue de ce monde hostile qui l'enveloppait d'effluves bien différentes de la douce moiteur du ventre maternel. Les trois médecins regardaient l'enfant qui maintenant reposait sur une couche apprêtée aux côtés de sa mère dont il avait pris une première fois le sein. Le petit être était beau, vigoureux, son sexe manifeste. No et ses confrères pouvaient être soulagés que cette naissance se fût bien passée pour la mère et pour l'enfant, mais leur satisfaction était combattue par une profonde inquiétude qui se lisait aux regards qu'ils échangeaient et qu'ils n'osaient encore exprimer.

Que faire, en effet, d'un enfant mâle dans une société bisexuée ? que faire de cet être dont la différence était immédiatement perceptible ? La pire hypothèse venait de se réaliser. No avait espéré, sans jamais vraiment y croire, que l'union de Fa et de Di eût pu donner naissance, dans le sein de cette femme, à un être semblable à ceux qui sortaient des couveuses de la cité. C'eût été évidemment le cas le plus simple, celui de la normalité. Une fille aussi aurait pu naître. Sa différence pendant les années d'enfance n'aurait pas été véritablement perceptible, elle se serait progressivement manifestée à la puberté, laissant à tous le temps de s'accoutumer et d'accepter l'altérité. Dans le cas d'un garçon, la réalité était immédiate et les décisions qu'elle devait entraîner ne souffraient pas d'atermoiements.

Après avoir exigé de ses collègues le secret le plus absolu, No se rendit à la résidence présidentielle où il demanda une audience d'urgence. Il fut immédiatement reçu par Chi qui convoqua sur l'heure une réunion du Conseil d'en haut auquel No fut invité à exposer la situation. Après l'avoir écouté, le Conseil siégea à huis clos. Les débats furent longs. Rien n'en filtra jamais. Tard dans la soirée du jour où naquit le fils de Di, un bref communiqué de la présidence informa la cité qu'un enfant était né, qu'il s'appellerait Ka et qu'en raison des circonstances particulières de sa naissance, il serait immédiatement placé sous la tutelle du Conseil d'en haut qui veillerait dès aujourd'hui à sa croissance et à son éducation.

Di et Ka furent transportés nuitamment dans le quartier du Lak et installés dans un petit appartement qui jouxtait la résidence du grand chancelier. Seul No était autorisé à rendre visite à la mère et l'enfant. Ka fut présenté au Président Chi, au grand chancelier Vi, son tuteur, et au Sage Yi. Tous trois firent le serment de protéger l'enfant, de veiller à son éducation et de lui inculquer le respect et les principes de la cité. Yi lui prédit un avenir exceptionnel, bénéfique au peuple kalulak. Chi et Vi gardèrent un silence pénétré et entendu.

No décida que l'enfant pouvait continuer à prendre le lait de sa mère qu'il avait lui-même goûté pour en apprécier les vertus, mais qu'il fallait progressivement l'accoutumer à se nourrir comme le commun des enfants kalulak. C'est ainsi que peu à peu Ka fut sevré. Il n'échappa pas au bon médecin que la mère souffrit plus que l'enfant de cette séparation. La douleur fut certes morale mais il fallait aussi tarir le sein, ce qu'il sut faire à l'aide de subtiles décoctions. Di passait ses jours à entourer son enfant des manifestations d'une tendresse qui émouvait No et Yi, ses familiers et fidèles amis. Un doute cependant ne tarda pas à assombrir l'idyllique tableau. No et Yi prirent en effet conscience que, dès lors que Di ne nourrissait plus son bébé, sa présence près de lui, son existence même à Kalulak, pouvaient être mises en cause. Ils se prirent à craindre qu'une décision ne mûrît en ce sens dans l'esprit des plus hautes autorités et que l'on en vînt à chasser Di de la cité. La pensée de sauver la jeune femme d'un exil qui lui serait fatal les obsédait.

Un soir, au crépuscule, alors que No remontait des carrières où il était allé à la cueillette de précieuse herbes, il aperçut une ombre à proximité des portes de la ville et cherchant à discerner qui pouvait ainsi se dissimuler, il entendit une voix qui l'appelait par son nom. S'approchant du buisson d'épines derrière lequel se cachait le mystérieux interlocuteur, il eut l'immense surprise d'y découvrir Fa, en bonne santé, l'œil vif et entreprenant. Celui que No aurait pu prendre pour un revenant, lui expliqua qu'après son exil de Kalulak, il avait pris la direction de l'est et qu'il avait marché jour et nuit jusqu'à l'épuisement. C'est alors qu'il avait été recueilli par des bergers nomades qui l'avaient soigné et accepté parmi eux. Mais depuis des mois une seule pensée le faisait vivre, celle de retrouver Di et son enfant et de les ravir à la cité. No l'informa rapidement de la situation et du grand danger qu'à ses yeux courait Di. Ils convinrent de se retrouver la nuit même auprès du buisson. No connaissait les sentinelles qui la nuit veillaient à la fermeture des portes et saurait les circonvenir sous prétexte d'une cueillette urgente.

De retour à l'appartement de Di, la déconvenue de No fut grande lorsqu'il apprit de la bouche de Yi que l'ordre était venu de séparer la mère et l'enfant. Au nom de Vi lui-même, un factotum s'empara de Ka pour l'emmener dans un lieu secret où, déclara-t-il, les soins indispensables seraient désormais apportés à son éducation. Di était effondrée. No et Yi jugèrent qu'il était urgent d'agir et décidèrent de la conduire sans délai aux portes de la ville où Fa l'attendait.

Epilogue

J'ai terminé ma mission. J'espère avoir été fidèle au récit parfois confus ou contradictoire que m'a fait Candy de son incroyable histoire. Je me suis contenté d'en retracer logiquement le fil et les principaux épisodes, depuis le moment où elle a été recueillie au bord de la grand-route, jusqu'à sa fuite précipitée. Vous allez me dire, cher lecteur, que vous restez sur votre faim et que vous auriez bien aimé assister aux retrouvailles de Fa et de Di et apprendre ce qui s'est passé ensuite. Vous le savez déjà puisque manifestement Candy est rentrée chez elle. Si elle n'était pas revenue seule, vous le sauriez aussi, les journaux en auraient parlé et en tout premier lieu, notre cher *Mass Post*.

En fait, après avoir vécu les aventures dont je vous ai donné le conte, elle était plutôt pressée de revenir à la maison et c'est pourquoi la plus grande et seule prière qu'elle eut à adresser à Fa, ce fut de la reconduire au bord de la grand-route. Elle ne m'en a jamais dit davantage et c'est raison. Alors vous pouvez imaginer, si vous le voulez, la fougue de ses retrouvailles avec Fa, l'ardeur de leurs caresses dans le désert, mais aussi les pleurs amers versés sur l'enfant enlevé à une mère, les instantes propositions de Fa en vue de faire partager à Di sa nouvelle vie nomade. On peut aussi supposer que Candy ait pu proposer à Fa de l'accompagner plus loin qu'au bord du chemin de la vie civilisée et de prendre habit pour connaître cette nouvelle destinée. Mais puisqu'elle n'a pas jugé utile de donner ces précisions, restons-en là.

Une question seulement me préoccupe, celle de l'avenir de Ka, élevé secrètement et avec tant de précautions par les Kalulak pour un destin sans doute exceptionnel. Parfois, je le confesse, je me prends à rêver à l'enfant roi qu'il pourrait devenir et aux conséquences que cette situation inédite pourrait avoir sur la marche si originale de la cité des Kalulak dont la présence cachée dans le désert n'a jamais, jusqu'à présent, été décelée.

Clarence P. Jean

www.ingramcontent.com/pod-product-compliance
Lightning Source LLC
Chambersburg PA
CBHW070607180626

46817CB00005B/2027